共和国故事

千秋功业

——长江三峡水利枢纽工程开工建设

张学亮　编写

吉林出版集团股份有限公司

图书在版编目（CIP）数据

千秋功业：长江三峡水利枢纽工程开工建设/张学亮编. —

长春：吉林出版集团股份有限公司，2009.12

（共和国故事）

ISBN 978-7-5463-1829-5

Ⅰ．①千… Ⅱ．①张… Ⅲ．①纪实文学－中国－当代 Ⅳ．①I25

中国版本图书馆 CIP 数据核字（2009）第 236710 号

千秋功业——长江三峡水利枢纽工程开工建设

QIANQIU GONGYE　　CHANGJIANG SANXIA SHUILI SHUNIU GONGCHENG KAIGONG JIANSHE

编写　张学亮

责任编辑　祖航　李娇　王贝尔

出版发行　吉林出版集团股份有限公司

印刷　三河市嵩川印刷有限公司

版次　2010 年 1 月第 1 版　　　　2022 年 1 月第 9 次印刷

开本　710mm×1000mm　1/16　　　印张　8　字数　69 千

书号　ISBN 978-7-5463-1829-5　　　定价　29.80 元

社址　吉林省长春市福祉大路 5788 号

电话　0431－81629968

电子邮箱　tuzi8818@126.com

前　　言

　　自 1949 年 10 月 1 日中华人民共和国成立至今，新中国已走过了 60 年的风雨历程。历史是一面镜子，我们可以从多视角、多侧面对其进行解读。然而有一点是可以肯定的，那就是，半个多世纪以来，在中国共产党的领导下，中国的政治、经济、军事、外交、文化、教育、科技、社会、民生等领域，都发生了深刻的变化，中国人民站起来了，中华民族已屹立于世界民族之林。

　　60 年是短暂的，但这 60 年带给中国的却是极不平凡的。60 年的神州大地经历了沧桑巨变。从开国大典到 60 年国庆盛典，从经济战线上的三大战役到经济总量居世界第三位，从对农业、手工业、资本主义工商业的三大改造到社会主义市场经济体制的基本确立，从宜将剩勇追穷寇到建立了强大的国防军，从废除一切不平等条约到独立自主的和平外交政策，从"双百"方针到体制改革后的文化事业欣欣向荣，从扫除文盲到实施科教兴国战略建设新型国家，从翻身解放到实现小康社会，凡此种种，中国人民在每个领域无不留下发展的足迹，写就不朽的诗篇。

　　60 年的时间在历史的长河中可谓沧海一粟。其间究竟发生了些什么，怎样发生的，过程怎样，结果如何，却非人人都清楚知道的。对此，亲身经历者或可鲜活如咋，但对后来者来说却可能只是一个概念，对某段历史的记忆影像或不存在，或是模糊的。基于此，为了让年轻人，特别是青少年永远铭记共和国这段不朽的历史，我们推出了这套《共和国故事》。

《共和国故事》虽为故事，但却与戏说无关，我们不过是想借助通俗、富于感染力的文字记录这段历史。在丛书的谋篇布局上，我们尽量选取各个时代具有代表性或深具普遍意义的若干事件加以叙述，使其能反映共和国发展的全景和脉络。为了使题目的设置不至于因大而空，我们着眼于每一重大历史事件的缘起、过程、结局、时间、地点、人物等，抓住点滴和些许小事，力求通透。

历史是复杂的，事态的发展因素也是多方面的。由于叙述者的视角、文化构成不同，对事件的认知或有不足，但这不会影响我们对整个历史事件的判断和思考，至于它能否清晰地表达出我们编辑这套书的本意，那只能交给读者去评判了。

这套丛书可谓是一部书写红色记忆的读物，它对于了解共和国的历史、中国共产党的英明领导和中国人民的伟大实践都是不可或缺的。同时，这套丛书又是一套普及性读物，既针对重点阅读人群，也适宜在全民中推广。相信它必将在我国开展的全民阅读活动中发挥大的作用，成为装备中小学图书馆、农家书屋、社区书屋、机关及企事业单位职工图书室、连队图书室等的重点选择对象。

编　者
2010 年 1 月

目 录

目
录

一、 决策规划

● 周恩来指出："第一，确保质量。第二，要妥善安排移民。第三，设计由长江水利委员会负责，施工由湖北省政府负责，省长张体学亲自挂帅。"

● 邓小平说："我建议由国务院召开一次三峡专业会议。我听了汇报有些看法。三峡问题要考虑。"

毛泽东提出建设三峡设想

1953 年 2 月 10 日到 22 日，毛泽东乘坐"长江"舰在"洛阳"舰的护卫下，从武汉前往南京。

三天三夜，林一山一直陪同左右。

林一山是一位老干部，解放东北时任辽南省委书记，1954 年时担任长江治理委员会主任，长期从事水利水电研究和江河治理工作，在治理黄河、淮河问题上，均有独到的见解。

"长江"舰刚开出，毛泽东就派人叫来林一山。

林一山匆忙夹上一幅地图赶来。

毛泽东打开地图，用红铅笔指点着，单刀直入地问："南方水多，北方水少，能不能从南方借点水给北方？"

林一山说："可以。"

毛泽东接着问："这个问题你研究过没有？"

林一山老实回答："没有。"

毛泽东问："为什么？"

林一山说："我不敢那么想。"

接着，毛泽东的铅笔指向西北高原，指向腊子口，又指到白龙江、略阳、西汉水，问道："从嘉陵江的上游，白龙江和西汉水向北引水行不行？"

林一山回答说，从这两条江向北引水不行，并分析了理由："秦岭以南的水，由西北向东南注入四川盆地。越往下，水越大，但地势越低。秦岭太高太大，打洞过不去呀，既不经济，又不可能。上游工程量小，但水也小，不划算。嘉陵江的道理也和白龙江一样。"

毛泽东点点头，大口地抽烟，一时二楼卧舱里烟雾弥漫。

停了片刻，毛泽东继续在江河之间寻觅着新的突破点。他指着自己比较熟悉的一条河流又问："引汉水行不行？"

林一山说："有希望。"

毛泽东眼里射出了光芒，问："说说其中的道理。"

林一山说："汉江与黄河、渭河平行，中间只隔着秦岭和伏牛山，越往东，山越小地势越低，水量却越大，引水工程也就越小。"

毛泽东听得有些振奋，他扔掉手中的烟蒂，在陕西汉中以下的一个小峡谷上面画了一道杠，问道："这里修个坝行不行？"

林一山回答："可以，但是水量很小。"

毛泽东又在安康以下画一条杠问："这里呢？"

林一山看了看说："也不太好。"

毛泽东一贯听得太多的是"很好"、"英明"和"正确"，而今天，他对说了太多"不"的林一山却越来越感兴趣了。

毛泽东把红杠点到湖北均县问道："这里行不行？"

林一山回答得很勉强："这里还可以。"

毛泽东又指向了丹江口："这里行不行。"

林一山说："这里可能最好。"

毛泽东接着问："为什么最好？"

林一山分析说："这里是汉江中游，又是丹江的汇合口，水量充足，而且引水不用打洞，又在巴山脚下，保持着较理想的高度。这里我们做过规划，但是没有考虑南水北调的问题。"

毛泽东不放过任何一个有可能的机会，他又指着丹江口以下问："再往下呢？"

林一山说："那可不行了。再往下游，河水变宽，汉水进入南阳、襄阳平原，没有高山，失去了建坝的条件。"

毛泽东从地图上直起腰来，对林一山说："好了。你即刻派人查勘，有资料就直接给我写信，不一定等到系统成熟了才告诉我。"

在第二次汇报中，毛泽东问林一山："怎样才能解决长江洪水的灾害呢？你有什么设想？怎样才能除害兴利？"

林一山展开了《长江流域水利资源综合利用规划草图》，指着图上大大小小计划中的水库，汇报长江防洪设想。他说："要在长江干流和主要支流上逐步兴建一系列梯级水库拦洪蓄水，综合利用，解除水害……"

长长的汇报完了，毛泽东左手叉在腰间，沉吟片刻，右手提笔在图上画上一个大大的圆圈，说出了这么一句话："修这许多水库，都加起来，你看能不能抵上三峡一个水库呢？"

林一山说当然抵不上。

毛泽东伸手指向三峡口："那为什么不在这个总口子上卡起来，毕其功于一役？就先修那个三峡水库怎么样？"

林一山很兴奋："我们很希望能修三峡大坝，但现在还不敢这样想。"

毛泽东笑了："都加起来，还抵不上一个三峡水库，你不也这样说？"

毛泽东渴望这一征服长江的浩大工程能尽快上马。

在长江上航行，毛泽东就地论事，把南水北调引汉济淮济黄、三峡水库和长江流域规划都问到了。

1954年长江特大洪水发生之后，在京汉线的专列上，毛泽东又听取了有关三峡的工程技术问题和坝址查勘情况，以及南津关坝区和美人沱坝区的地质基础情况的汇报。

大概也在此时，正和中共中央副秘书长刘澜涛一起率领燃料工业部电力代表团在苏联参观的李锐，也接到征求修三峡工程意见的电报。

李锐是电力工业部部长助理、党组成员兼水电建设总局局长，他的回电很实际：

现在还没有力量顾及此遥远之事。

1955 年，黄河流域规划已经完成，三门峡工程即将开工。长江水利委员会开始组织中、苏专家查勘长江和三峡坝址。

到年底，水利部就传出三峡工程可以 3 年勘测设计、4 到 5 年施工建成的说法。

1956 年，长江流域规划办公室成立，主要进行三峡工程的研究设计工作。

同年夏天，毛泽东一首《水调歌头·游泳》吟出如潮激情。9 月 1 日，《人民日报》头版头条刊出《长江水利资源查勘工作结束》特号字标题的新闻，文中还涉及了施工期间的具体措施。

一时间，上三峡工程的舆论四起，呼声日高。

然而，不同意见也时有表露。李锐几万字几万字地写文章写论文，发表在专业刊物上，阐述和林一山的不同观点。

在国务院有关三峡的会议上，李锐也在尽快动工的众口一词中坚持己见。

对《人民日报》的文章，李锐也写出了 3000 字《论三峡工程》的文章寄往该社。

由于周恩来不赞成当时在党报上公开争论此事，文章的清样也就搁下了。

于是，李锐再写 6000 多字的长文《克服主观主义才能做好长江规划工作》，发表在《水力发电》1956年第十一期上，认为长江规划以大三峡方案为主导的急于上马的思想，带有很大的主观性、片面性和随意性。

这些情况，毛泽东有时了解得多一些，有时了解得少一些，但争论存在的事实他是不回避的。

争论激发了毛泽东更大的兴趣，他要看看，双方都有些什么理由？

1954年的一天，在广州小岛宾馆对面，一个水上凉亭内，毛泽东听取李富春汇报"一五"计划。参加汇报的还有国家计委综合局局长杨英杰。

听完汇报，毛泽东说："要把三峡工程列入计划，但按我们国家现在的物力、财力，又不能列入五年计划，只能列入长期计划。我是看不到了。将来建成时，你们写一篇祭文，告诉我。"

1956年，毛泽东在畅游长江时，充满激情地写下《水调歌头·游泳》这首充满浪漫精神的词，下阕有这么几句：

更立西江石壁，截断巫山云雨，高峡出平湖。神女应无恙，当惊世界殊。

这几句描绘的就是将来在鄂西、川东建立巨型水坝的壮丽景象。

1954年，有一次毛泽东乘火车去广东。

火车行至武汉附近，毛泽东要林一山上车谈长江治理问题。

从 1954 年开始，连续多年，毛泽东每次经过武汉，都要林一山上车谈话，有时不到武汉就上车，有一次是从许昌上来的。

林一山讲话既有材料，又有观点，有时谈得毛泽东哈哈大笑，一谈就是两三个钟头。

一次，毛泽东说，林一山这个人很有本事，很热心。这说明在治水问题上，林一山钻进去了，有见解。

1957 年，毛泽东就想亲自看看三峡的地貌是否适合修建大坝。为此，他于当年 7 月 7 日给中央发了一封惊人的电报：

> 我拟于 7 月 24 日到重庆，25 日乘船东下，看三峡。如果三峡间确能下水，则下水过三峡，或只游三峡间有把握之一个峡。请中央考虑批准。

经过调查，中央政治局没有同意他的这个要求。

1958 年 1 月 17 日，南宁会议临近尾声，下榻明园的毛泽东的情绪仍在亢奋之中。

毛泽东不停地在想：截断巫山云雨，高峡出平湖——自己两年前横渡长江后在《水调歌头·游泳》中描绘的宏伟蓝图能实现吗？

毛泽东考虑着：在三峡筑坝，解决长江防洪及水力发电问题可不是什么小事。就他内心来说，是希望三峡工程尽快实施的，对水利部特别是长江水利委员会及其负责人林一山的主张，也有较详细的了解。

但据薄一波反映，此事还有反对派，而且在水电和水利两部之间还有许多矛盾难以协调。

毛泽东下定决心：看来，解决这个问题最好的办法就是把争论的双方，即林一山和主管水电建设工作的李锐找来，当面锣对锣，鼓对鼓，各抒己见谈个清楚。

毛泽东心中惦记着：已经是中午了，去北京、武汉接李锐、林一山的专机也该回来了吧？

这时，林一山和李锐已经到达南宁，下榻同一家宾馆。

过去在延安就和李锐熟识的中共中央办公厅副主任田家英找到李锐，三言两语介绍了会议的一些情况。

随后见到的湖南省委书记周小舟也告诉李锐，毛主席在插话中批了张奚若，四句话是：好大喜功，急功近利，轻视过去，迷信将来。

显然，政治气候不适宜李锐唱反调。不过，他的心情还算平静，他相信自己的理由站得住脚。

晚饭时，了解林、李二人争论经过的人开玩笑说"两个冤家碰了头"。

晚饭后，在离明园不远的一间会客室中，由毛泽东主持召开专门研究三峡问题的会议。

决策规划

像考生面对考官，林一山、李锐二人都坐在正对毛泽东的长条桌的那一面。

参加会议的除各大区、中南各省的负责人和中央各部主要负责人外，还有刘少奇、周恩来、朱德、彭真、李富春、李先念、薄一波、胡乔木、吴冷西、田家英等。

会议一开始，毛泽东便开门见山，要林一山、李锐开腔，并问林一山："你要讲多长时间？"

林一山说要两个小时。

毛泽东又问李锐："你要讲多少时间？"

李锐说要半小时。

两人客气地推让一番，自然还是主管长江的林一山先发言。

林一山是个博学的人，他侃侃而谈，很有激情。搞三峡工程是他朝思暮想的宏大心愿。

林一山从汉朝贾让治水谈起，历数长江洪水灾害给百姓和国家带来的损失以及至今存在的众多隐患；长江流域丘陵地区也有的旱灾；水力发电是我国工业的主要来源；我国钢铁工业的发展要求与电力增长要求之间的比例。

林一山还谈到了三峡工程投资的可行性和技术上的可能性。

李锐则首先对黄河与长江不同的水量、洪水及泥沙量、最大与最小流量之差做了比较，说明长江自古以来就是一条好河，想以三峡工程一下子解决百年、千年一遇的洪水是不现实的。

李锐还提出，修建三峡工程需要移民 100 多万人，极为困难。

李锐还讲到，左右三峡修建时间的是国家财力、经济发展的需要，是电力而不是防洪，而三峡这样大的电站，要在几十年后才可能有此需要。

李锐说："另外，还有地质情况及工程技术等问题不容有任何疏忽，三峡工程同国防与世界形势也有不容忽视的关系。"

听到这里，毛泽东点头说："三峡这样的工程当然会吸引敌人的注意，绝不能遭受破坏。"

也有人附和："那可是下游几千万人生命安全问题。"

争论的双方都把自己的理由陈述完了，该毛泽东表态了。

毛泽东却说："讲了还不算数，你们两人各写一篇文章，不怕长，三天交卷。第三天晚上，我们再来开三峡的会。"

第三天，林一山洋洋洒洒两万多字成文，题为《关于长江流域规划的初步意见》。

李锐的文章 8000 字，题为《大力发展水电以保证电力工业十五年赶上英国和修建三峡水电站的问题》。

两人的文章付印后，迅速地发至与会人手中。

第三天的晚上，会议室里又坐满了人。虽然没有人说笑，但气氛已不似前几天那么紧张。

李锐后来回忆说："大概有点像围棋什么名人战、天元战的结局一样，胜负已决，只待主持者宣布结果，会议不到半个小时就散了。"

毛泽东宣布的结果是：

三峡问题并没有最后决定要修建。

毛泽东的讲话是从赞赏李锐的文章写得好，意思清楚，内容具体，论点可以服人开始的。

毛泽东特别称赞李锐文章中关于电站容量跟电网及全国电力的比重关系，以及坝址地质条件的说明。

毛泽东说："对于三峡问题，中央并没有要修建的决定。对三峡我还是有兴趣的，如果今后 15 年能修建成，还有原子弹，太集中了也不好，还得有别的电站。"

毛泽东说："关于水电、水力用之不竭，应当多搞水电，加快发展水电，'水主火辅'嘛，没有水力的地方，当然要搞火电。"

最后，毛泽东又指着李锐说："我们要有这样的秀才，大家都要注意培养秀才。"

南宁会议最后一个议题，即三峡问题，到此算是有了眉目。

对此，李锐后来评价说："三峡这样具体问题争论的结局，同当时的形势完全不协调，但只要言之成理，毛主席是很听得进反面意见的，尤其是小人物的反面意见。"

会后，周小舟对李锐说："你中了状元了！"

散会前，毛泽东指着李锐说："你当我的秘书，需要这样的秀才。"

李锐忙道："当不了，水电业务忙得很。"

但毛泽东却不容他推辞，说："是兼职的嘛。"

于是，李锐的命运由此改变。

三峡工程之争暂告一段落，舆论也渐平淡。

南宁会议后，毛泽东把三峡问题交与办事一向细致缜密的周恩来管。

周恩来在会后出访朝鲜，2月底一回京，便风尘仆仆赶往武汉，在李先念、李富春的陪同下溯江而上，视察三峡。

1958年3月，毛泽东在成都主持会议，通过了《中共中央关于三峡水利枢纽和长江流域规划的意见》。

1958年3月8日，周恩来到重庆，又旋即转赴成都，出席在此召开的有中央有关部门负责人和各省、市、自治区党委第一书记参加的工作会议。

周恩来把查勘三峡的情况以及对长江流域规划的意见作了一个全面的报告。

根据周恩来的建议，会议批准了汉江丹江口水利枢纽初期工程动工兴建的项目，并把一项引汉灌溉工程列为丹江口的同期工程。

对三峡问题，会议也作出了《关于三峡水利枢纽和长江流域规划意见》。

毛泽东在审阅时，在其第一项中"从国家长远的经济发展和技术条件两个方面考虑，三峡水利枢纽是需要修建而且可能修建的"一句后，落笔加写了一句话，把自己在南宁会议时的意见更加明确化了。

毛泽东说：

> 从国家长远的经济发展和技术条件两方面考虑，三峡枢纽是需要修建而且可能修建的。但是最后下决心确定修建及何时开始修建，要待各个重要方面的准备工作基本完成之后，才能作出决定。

1958 年 3 月，当毛泽东再次踏上重庆的土地时，已是他离开重庆 13 年之后。

这一次，毛泽东是为治理长江这件事关国家发展大局、人民根本利益的大事而来的。

治理长江是长江流域人民的千年企盼。

为了这个企盼，民主革命先行者孙中山早在 1918 年的《建国方略》中就提出了建设三峡水利工程的设想。但是，在当时内忧外患、战乱频繁、国力衰弱的中国，伟人的构想，只能是一个美好的梦想。

中华人民共和国建立不久，以毛泽东为核心的第一代中央领导集体就高度关注长江水患治理问题。在新设立的国家水利部中，专设了长江水利委员会，组织专家研究长江的治理。

1953 年 2 月，毛泽东大胆提出在三峡卡住长江，修建大型水利枢纽的思路。

这一重要思路，为后来国家制定"水利工作必须从流域规划着手，采取治标和治本结合，防洪与排涝并重的方针"确定了政策指导，并促成了国家对三峡水利工程大规模可行性科学论证工作的上马。

1958 年 3 月的"成都会议"一结束，毛泽东就风尘仆仆地来到重庆。

毛泽东在视察企业、看望工人后，登上了"江峡"轮，顺江东下，视察长江。一路上，他迎风屹立船头，听专家讲解，观地形水势，以诗人的情怀、政治家的胸襟，绘就他心中"截断巫山云雨，高峡出平湖"的三峡新貌。

1958 年夏季，在武汉的东湖之滨，毛泽东又让林一山汇报长江泥沙问题，也就是规划中的三峡水库的寿命问题。

当时，林一山说："长江的含沙量远比黄河少，相对量少，但绝对量还很大。根据计算，三峡入库泥沙，每年约 5 亿吨，合 4 亿多立方米，三峡水库的总库容，大约 200 年才能淤死。"

毛泽东沉思着，说："这是百年大计，千年大计，只 200 年太少了！"

这让人想起毛泽东的一句有名的感叹：

一万年太久，只争朝夕！

的确，毛泽东渴望着国家能够日新月异地飞速发展，以改变在世界上一穷二白的落后地位。

周恩来考察三峡地区

1958 年 2 月下旬到 3 月上旬，周恩来亲自带领有关方面的领导人和专家到三峡地区进行考察。

早在 1954 年，长江中下游发生了百年一遇的大洪水，给武汉市造成巨大的灾难。

解放了的江汉平原人民特别是武汉市人民，在中国共产党的领导下，战胜了这场洪水，但是谁也无法保证，以后不再发生这样严重的水患。

毛泽东、周恩来根据专家们的建议，开始酝酿修建长江三峡大坝。

不久，毛泽东向苏联提出，请他们帮助我们兴建这个工程，并且协助规划，以求进一步治理开发长江。

苏联及时派来了一些专家。

于是，长江流域规划办公室在以往工作的基础上，在苏联专家的协助下，全力开展了长江规划和三峡大坝工程的勘探设计研究，初步选定三斗坪作为坝址。

周恩来是赞成修建三峡工程的，但他认为要修建这样世界第一流的巨大工程，必须贯彻"积极准备，充分可靠"的方针，要经过认真科学论证，要为子孙后代负责，要经得起历史考验。

1958 年，王任重作为湖北省委第一书记参加了周恩来对三峡的这次考察。

周恩来一面亲自观察现场实况，掌握第一手材料，一面亲自主持会议听取汇报、组织讨论，让大家充分发表意见。

在周恩来面前，每个人都可以各抒己见，没有任何顾虑。他从不打断别人的发言，只是提醒发言人重复的意见尽可能少讲或不讲。

2月26日，周恩来和李富春、李先念坐火车到了汉口，王任重到大智门车站去接。

只见周恩来轻装简从，谈笑风生，他不顾旅途劳顿，晚上就率领大家坐"江峡"号客轮出发，开始了对三峡地区的考察。

2月27日上午，考察小组在船上开会，周恩来主持。长江流域规划办公室魏廷铮汇报了汉江流域规划和丹江口水利枢纽工程设计。

经过讨论，通过了建设丹江口水利枢纽工程的决定。

这个工程不但有防洪、发电、灌溉的效益，而且也是为修建三峡大坝练兵。

下午继续开会，周恩来做了总结发言。他指出：

一定要建好丹江口水利枢纽工程。第一，确保质量。第二，要妥善安排移民。第三，设计由长江水利委员会负责，施工由湖北省政府负责，省长张体学亲自挂帅。

2月28日，周恩来走上荆江大堤，实地察看荆江大堤的几个险要堤段。

在堤上，长江水利委员会主任林一山向周恩来汇报说："长江洪水水位高出地面10多米，假如荆江大堤有一处决口，不但江汉平原几百万人生命财产将遭毁灭性的灾害，武汉市的汉口也有被洪水吞没的可能。"

林一山接着说："在大水年，湖南洞庭湖区许多垸子也将决口受灾，长江有可能改道。为了防洪，为了确保荆江大堤，加高培厚堤防只能是治标的办法，当然修堤防汛抢险是当前主要的防洪手段，有了三峡大坝，也还要修堤防汛，但那时的安全程度就大不一样了，再遇到1954年那样的洪水，分洪区可以不用了。"

林一山分析道："建立分洪区也只是两害相权取其轻，在一定程度上缩小洪水的灾害。只有修建三峡大坝，迎头拦蓄调节汛期上游来的洪水，才能从根本上防止洪水可能产生的大灾难。"

周恩来等人边看边听，频频点头。

这时，天上下起了鹅毛大雪，随下随化，地上积雪并不多，但大堤上天气相当冷。

3月1日这一天出了太阳，前一天下的雪已经化完，看来已开始开花的蚕豆、豌豆并未遭受冻害。

上午，周恩来率领大家先到南津关坝区，看了三游洞和打的斜钻孔。这里是石灰岩，有溶洞，建大坝有可能漏水。水利专家多数不赞成在这里建大坝，这只是供选择的坝址之一。

下午，看三斗坪坝址。

周恩来和大家在中堡岛上详细观察了坝址，并实地对照研究了工程设计方案，认真了解了地质勘测工作，观看地质钻探岩心。

周恩来还特意取了一截花岗岩心，说要带回北京，放到他办公室里陈列。

晚上，周恩来利用不开会的时间，找荆州和宜昌两个地委的领导谈话，听了工作汇报。

尽管忙了一个白天，但周恩来仍然神采奕奕，对一些问题询问甚详。

3月2日上午，周恩来主持开会，听取了长江水利委员会苏联专家组组长德米托利也夫斯基的汇报。

德米托利也夫斯基讲了关于三峡水利枢纽建设的技术、造价、工程期限问题，又对南津关和三斗坪两个坝址的优劣作了客观的分析比较。

德米托利也夫斯基认为，建设三峡大坝的综合效益是肯定的，技术上是有把握的。对两个坝址主张再进一步研究比较，未作肯定的建议。

3月2日下午没有开会，周恩来和大家在船边饱览巫峡雄伟而壮丽的景色。

王任重为美人沱、神女峰拍了几张照片。美人沱像一座雕像，而神女峰却很难看出像一位女人。

一些担心修建三峡大坝会破坏现有自然景观和古迹的人们，大可不必过分地忧虑！有价值的古迹是可以搬迁的，而自然景观将会变得更加美丽。

　　所有的礁石将被深深地埋在江底，轮船的航行变得自由而平稳，再不会发生因触礁而船沉人亡的惨剧了。

　　晚上，王任重还为当天的观赏写了一段自由诗：

　　　　沿着弯曲的峡谷，

　　　　逆流而上，

　　　　仰观山峰，

　　　　俯视川流，

　　　　翻滚的浪涛，在激情地歌唱。

　　　　秀丽的美人，

　　　　沉思的神女呀！

　　　　引起人们无穷的遥想：

　　　　难道我们社会主义国家的主人们，

　　　　会继续让洪水任意逞狂？

　　　　不，不，不！

　　　　我们一定要兴利除害，

　　　　让滔滔的江水，发出强大的电流，

　　　　输送到华中、华东、华南的电网。

　　　　想得更远一点：

　　　　终会有一天，

　　　　我们将指引江流向北京，

让长江的水，

浇灌华北平原大地。

三峡大坝的建成，

是社会主义建设的一座高大的纪念碑，

它向全世界宣布：

新中国的人民，没有做不到的事情。

3月3日，大家在船上继续讨论。

周恩来一再强调要大家敞开思想，各抒己见。会议开得很热烈很成功。

水电部水电总局局长李锐发言。他首先说，讲综合效益，三峡工程很理想，技术上虽然有很多困难，但是可以克服的。

但是，李锐在这次讨论中也表示不同意林一山的意见，反对长江流域规划确定的三峡为控制利用长江水利资源的主体，他主张先开发支流，先小后大，先近期后远期。他认为长江防洪问题不大，加高堤防就可解决。

接着，钱正英发言。她是赞成修建三峡水利工程的，不同意李锐的意见。

钱正英从长江流域的全局出发，认为三峡作为规划的主体工程是有道理的。她认为长江的防洪问题关系到千百万人民的生命财产安全，绝不可掉以轻心，单靠加高堤防是不能解决问题的。

钱正英不仅是水电部的领导，也是一位水利专家。

她的说理是充分的，态度是认真的。

苏联专家有 6 个人讲话，专家组组长先后发言两次。

参加会议的科学院副院长张劲夫，国家技术委员会副主任刘西尧，水电部副部长李葆华、刘澜波，四川省委书记阎红彦都发了言。

水利水电航运方面的专家李镇南等人也在讨论会上发表了意见。

长江水利委员会主任林一山写的书面报告在会上发给了大家。

这次讨论的问题，主要是需不需要修建三峡大坝，能不能修建三峡大坝，三峡大坝是不是开发长江水利资源的主体工程，这个工程是不是有巨大的经济效益和社会效益，是不是要争取提前修建这个工程。通过今天的讨论，绝大多数人对这些问题的意见是一致的。

3 月 4 日下午，"江峡"轮到达丰都城，周恩来带领大家上岸去参观。

在旧社会都传说，人死了灵魂要到丰都，到底是上西天，还是下地狱，由这里的阎王爷决定。这里有奈何桥、阎王殿、望乡台，还塑造有惩罚罪人的油锅和挖鼻子挖眼睛的刽子手、执法的判官和小鬼，等等。

看到这些宣扬因果报应、轮回转世的迷信东西，周恩来不时地哈哈大笑，他说："作为反映某个侧面的古建筑，还是有保存价值的，但是已经被过去的国民党驻军破坏得不成样子。"

3月5日，大家到了重庆。周恩来领着大家去狮子滩，参观了水电站。这是一座比较大型的水电站，工程的确是很复杂的。

3月6日上午，周恩来主持讨论《总结纪要》。

下午，周恩来做了总结讲话。他说：

这次通过实地考察，又连续开会讨论，大家一致肯定三峡工程必需搞，而且也能够搞，在政治上经济上都具有伟大意义，技术上也是可能的，在不太长的时间，15年到20年，就可以建成。

取得这样一致的意见，是很大的成功。

从现在开始，必须积极准备，才能做到充分和可靠。对于修建三峡水利枢纽本身的问题，三峡大坝的正常高水位应当控制在吴淞基点以上200米，不能高于这个高程，同时还应该研究190米、195米两个高程。

在进行三峡工程的同时，要抓紧时机，分期完成长江中下游各项防洪工程。要防止等待三峡工程和以为有了三峡工程就万事大吉的思想。

长江流域规划工作的基本原则应当是统一规划，全面发展，适当分工，分期进行。

同时需要正确解决远景与近景，干流与支

流，上中下游，大中小型，防洪、发电、灌溉与航运，水电与火电，发电与用电等方面的关系。

这七种关系必须互相结合，根据实际情况，分别轻重缓急，具体安排。

但把三峡工程作为主体的意见是对的，林一山同志书面报告的这个观点我赞成。

为了加强对三峡工程和长江流域规划的领导，应当正式成立长江流域规划委员会。

周恩来说："所有这些问题，要报告中央和毛主席，批准了之后才能执行。"

至此，辩论了几年的三峡水利枢纽工程的问题，算是有了结论。

王任重是主张上三峡大坝的。他说："以三峡工程为主体的长江综合开发是国家的重要问题，长江三峡水利枢纽的兴建，的确会对国家建设起到难以想象的重大作用。三峡水利枢纽工程的准备工作要积极进行。"

接着，王任重说道："林一山同志在工作上是负责任的，提出问题是经过调查研究的，是有根据的，不是随便说的。"

周恩来在实地考察，听取了各种意见以后，向毛泽东、党中央做了关于三峡水利枢纽和长江流域规划的口头汇报和书面报告。

同年 3 月 25 日，中央召开的成都会议讨论同意这个报告，并且形成了《关于三峡水利枢纽和长江流域规划的意见》的文件。

4 月 5 日，中央政治局会议予以批准。

文件明确指出：

> 从国家长远的经济发展和技术条件两个方面考虑，三峡水利枢纽是需要修建而且可能修建的，但是最后下决心确定修建及何时开始修建，要待各个重要方面的准备工作基本完成之后，才能作出决定。估计三峡工程的整个勘测、设计和施工的时间约需 15 年到 20 年。现在应当采取积极准备和充分可靠的方针，进行各项有关的工作。

邓小平决策修建三峡工程

1980 年 7 月，时任中共中央副主席、国务院副总理的邓小平从重庆沿江而下，视察三峡坝址和葛洲坝工程。

7 月初，湖北省委书记问林一山："小平同志要看看三峡，本来想让你陪同，考虑到你的身体情况……你看让谁去合适？"

林一山说："魏廷铮。"

这时候，魏廷铮已经是长江流域规划办公室副总工程师了。

7 月 9 日，魏廷铮等抵达重庆。

11 日，邓小平到达重庆，一下火车就上船。"东方红 32 号"轮立即起锚。

邓小平这次来四川，说是休假，实际上满脑子想的都是中国的大事情。他要使这艘巨大的中华之船，轧碎万顷惊涛，直驶 21 世纪。

党的十一届三中全会刚开过一年多，中国的改革开放之路开了个好头，老百姓脸上笑容多了，国家的各项事情开始走上坡路了。

邓小平对这些是满意的，但是更多的是不满意。

邓小平这次到四川，他看到老百姓生活的真实情况，心里很不是滋味。

决策规划

邓小平对四川的干部说："山区农民居住分散，生活很苦，政策要放宽，让山区尽快富裕起来。"

有的农民用不上电，烧不上煤，连烧柴都困难，邓小平特意交代："要因地制宜解决农村能源问题。"

这一段时间，有一件最重要的大事，就是怎么样把国家的经济建设搞上去，让老百姓的日子过得好一点。搞了几十年社会主义，人民还是这么穷，这件事揪着邓小平的心。

在来之前，邓小平了解了有关对三峡工程的争论。这是一件关系到国家经济建设和人民利益的大事情，怎么拍板、下决心？邓小平要亲自来看一看、听一听。

11日晚，轮船停泊在万县。

邓小平问起鄂西资源情况。

魏廷铮说："鄂西铁矿储量很大，分布在宜昌、恩施两个地区，远景储量有17亿吨，甚至更多。经冶金部门长期研究，准备开采。但也存在几个问题，一是地下开采难度大；二是矿石含磷较多；三是交通运输比较困难。"

邓小平问："矿石的品位如何？开采和选矿技术能不能解决？"

魏廷铮说："含铁量约为30％至40％。地下开采和选矿问题，采用先进技术可以解决。"

邓小平接着问："那么运输问题呢？川汉铁路选了哪几条线？"

魏廷铮详细汇报了川汉铁路选线的南、中、北 3 个方案。

在讲的过程中，魏廷铮一步步把话题引到三峡工程上来："现在长江沿岸大型钢铁企业从国外进口铁矿，从长远看是不合理的，应当积极建设鄂西铁矿基地。另外，川东巫山、鄂西北郧阳也有大型或较大型铁矿……"

魏廷铮见邓小平听得很感兴趣，索性放开来讲："三峡及其以上长江河谷地区，500 米高程以下适于种植柑橘。鄂西地区最为丰富的是长江水利资源，开发长江水利资源可以兴利除害。"

邓小平马上听出了魏廷铮的弦外之音，他一语道破了问题的实质："你的意思，是要修建三峡大坝。"他又指着同行的一位地方负责干部说："而他是不赞成的。"

邓小平思维敏捷而又犀利，一针见血，一下子就把矛盾捅到了大家面前。

挺进大别山时，湖北已经给邓小平留下了深刻的印象。邓小平谈到这里，主动把话题引到三峡问题上。

邓小平说："反对建三峡大坝的人有一条很重要的理由，说是建了大坝以后水就变冷了，下游地区水稻和棉花都不长了，还有鱼也少了。有没有这回事儿？"

魏廷铮答道："不会有这样的影响。第一，三峡水库按 200 米正常蓄水位计算，比原来河道水面只增加 1000多平方公里，对气候影响不大，不会有明显改变。第二，水库水温呈垂直分布，长江流量大，可以调节。最重要的论据是丹江口水库。丹江口水库修起来以后，汉江中下游解除了水患，粮食、棉花连年丰收，汉江的鱼产量也并没有减少。如果说影响，就是水库蓄水之后，上游冲下来的饵料相对减少了一点。"

邓小平说："噢，是这么回事啊！"

魏廷铮接着说："三峡的水量比丹江口大 10 多倍，库容量只比丹江口大一倍多。因此，对环境不会有太大的影响。"

邓小平点点头，他认为魏廷铮说得有道理。

船走到江流湍急处，邓小平抬头观察航行情况，看到滩多流急，航行困难。

邓小平对魏廷铮说："1920 年出川，去法国留学，船行到中途坏了，只好改变行程，起早，走陆路出川，交通真是艰难啊！"

船过奉节，入夔门，进入瞿塘峡。

邓小平到船尾看瞿塘峡进口。他说："诗中说'上有万仞山，下有千丈水。苍苍两岩间，阔狭容一苇'。瞿塘峡是长江三峡的第一峡，峡口雄冠天下，有川东咽喉之称。"

峡道全长 8 公里，在三峡中最短、最狭，而气势和景色最为雄奇壮观。

邓小平问："在这里选过坝址没有？"

魏廷铮回答："这里在三峡上口，水深流急，地质条件不好，而且是整个三峡河段水能比较集中的，如不加以利用，只在上口建坝，要得到同等防洪发电效果，则对四川会造成更大的淹没损失。"

魏廷铮又介绍了现在坝址的地质情况。

邓小平问："你们不是有两个比较坝址吗？"

魏廷铮答道："现在剩下太平溪和三斗坪两个比较坝址，相距7公里，都在宜昌县境内，坝址条件都很好，适于建高坝。"

邓小平对三峡的兴趣越来越浓。午休以后刚到14时，他就让邓楠将魏廷铮找去，单独谈。

邓小平接着上午的话题，详细询问两个坝址的情况。

魏廷铮说："两个坝址都是好坝址，各有优缺点。选择哪一个都可以。太平溪坝址在上游，河谷相对较窄，土石方开挖较多，混凝土工程量较少；三斗坪坝址混凝土工程量较大，但在施工导流方面简便一些。"

邓小平又详细询问投资、工期、发电、航运等问题。

邓小平问："100万千瓦的机组，国内能不能制造？"

魏廷铮答："美国爱利斯公司董事长给您写的那封信，转给了我们。他们表示愿意承制三峡100万千瓦的机组。一机部沈鸿副部长表示，100万机组可以造，也可以和美国人合作，共同设计，在我们工厂造。"

邓小平肯定说："这是个好办法，这个办法可行。"

邓小平又问："围堰发电六年半开始受益，是否1981年开工，1987年即可以发电？"

魏廷铮回答："是这样的。全部建成16年，就到了

1996 年，年发电量 1100 亿度，接近今年上半年全国发电总量。以每度六分计，可收入 66 亿元，这是一笔很大的数字。"

邓小平说："利益很大，要进一步好好讨论。"

船过三斗坪坝址，邓小平站在江轮甲板上，举起望远镜久久地凝望着这座船形的小岛。

到了葛洲坝工地，邓小平的情绪更加高涨，沿途向正在施工的工人和工程技术人员频频招手致意。

走到上游围堰防淤堤时，邓小平问魏廷铮："葛洲坝施工场地这样宽敞，上游大坝坝址附近窄得多，能不能布置得开呢？"

魏廷铮回答："两个坝址的下游都有河滩可以利用，并且可以利用葛洲坝作为后方基地。"

邓小平说："葛洲坝施工的这些设备，凡是能用的，都可以用到三峡工程上，可以省很多钱。"

邓小平看了正在施工的葛洲坝，又看了已经发挥重大经济效益的丹江口工程，坚定了他上三峡工程的决心。

邓小平对修建三峡工程后，对船只航行有无影响也很关注。当他了解到修建三峡大坝以后航运不会受到阻碍并且利大于弊时，便放了心。

邓小平到武汉后，党中央、国务院及有关部门的负责同志也专程从北京赶到武汉，研究三峡工程问题。

一到武汉，邓小平就把时任中共中央总书记胡耀邦和国务院副总理姚依林找到他下榻的东湖宾馆。

邓小平说:"我建议由国务院召开一次三峡专业会议。我听了汇报有些看法。三峡问题要考虑。"

接着,邓小平归纳了几个主要的问题:"担心一个航运问题,经了解运的东西不多,船闸有 5000 万吨通过能力,顾虑不大……另一个生态变化问题,听来问题也不大……三峡搞起来以后,对防洪作用很大。真的洪水来了,很多地方要倒霉……整个工程投资 95 亿元,移民费 40 亿元……六年半可以发电。发电 2000 多万千瓦,效益很大。"邓小平最后的结论:"轻易否定三峡不好。"

在会上,邓小平指出:

> 此行看了长江三峡工程,听了汇报,了解到长江水运运量不大,长江中下游两岸防洪问题很严重,洪水淹到哪里哪里要倒霉,人民要遭殃。同时,长江两岸物产丰富经济发达,三峡大坝建成以后航运问题可以解决,三峡工程可发大量的电,可促进这些地区的经济发展,环境影响问题也可以解决。
>
> 建设三峡工程效益很大,轻易否定三峡工程是不对的。请党中央、国务院及有关部门的负责同志回北京后抓紧研究。

8 月,根据邓小平的意见,国务院召开常务会议研究三峡问题,决定由科委、建委组织水利、电力等部门的

决策规划

专家进行论证。

在邓小平的推动下，三峡工程又一次提上议事日程。

到了1982年，邓小平的思路更加明确，决心更加坚定了。他对姚依林、宋平说："看来，不搞能源，不上骨干项目不行。不管怎么困难，也要下决心搞。钱、物资不够，宁可压缩地方上的项目，特别是一般性的加工工业项目。这些小项目上得再多，也顶不了事。"

1982年11月24日，当姚依林、宋平汇报准备兴建三峡工程时，邓小平果断地说：

我赞成搞低坝方案。看准了就下决心，不要动摇！

1983年初，长江流域规划办公室提出了《三峡水利枢纽150米方案可行性研究报告》。

同年5月，在北京京西宾馆，国家计委召集各方面有关专家350余人审查这一报告，最后认为：

低坝方案基本可行，建议国务院原则批准。

1984年2月，中央财经领导小组讨论研究国家计委审查通过的方案，决定：

三峡工程采用正常蓄水位150米，坝顶高

度 175 米方案，立即开始施工准备，争取 1986
年正式开工。

1984 年 4 月，国务院原则批准了这一方案。

1984 年，为解决三峡移民的安置问题，邓小平提议
"要有意识地在这个地区多摆些项目"，为实行开发性移
民指明了方向。

1984 年 9 月，重庆市政府建议将正常蓄水位提高，
以便万吨级船队能直达重庆港。

国家科委受国务院委托，对三峡工程的水位进一步
组织了论证。

1985 年 1 月 19 日，邓小平在人民大会堂出席广东核
电投资公司与香港核电投资公司合营合同签字仪式后，
特地把时任国务院副总理的李鹏留下，询问三峡工程
情况。

李鹏汇报了三峡建设的安排，以及三峡工程中争论
比较大的两个问题：泥沙淤积和坝高，并着重介绍了
1984 年底重庆提出的 180 米方案，即中坝方案。

邓小平听完汇报后指出：

三峡工程是特大的工程项目，为我们子孙
后代留下一些好的东西，要考虑长远利益。
过去是四川人不赞成把坝搞高，现在主要
是重庆人同意 180 米方案。

低坝方案不好。中坝方案是好方案，从现在即可着手筹备。中坝可以多发电，万吨船队可以开到重庆。

以后可有意识地把国家重大工业项目放在三峡移民区。

1986 年 3 月，邓小平接见美国《中报》董事长傅朝枢时说：

中国政府所做的一切事情都是为了人民，对于兴建三峡工程这样关系千秋万代的大事，一定会周密考虑，有了一个好处最大、坏处最小的方案时，才会决定开工，绝不会草率从事的。

二、 设计论证

● 重新提出的三峡工程可行性报告的结论是：三峡工程对"四化"建设是必要的，技术上是可行的，经济上是合理的，建比不建好，早建比晚建有利。

● 国务院常务会议认真审议了审查委员会对三峡工程可行性研究报告的审查意见，同意兴建三峡工程，并提请全国人民代表大会审议。

● 2663 名出席代表庄重地按动面前的表决器。人民大会堂主席台两侧巨大的蓝色荧屏上，跳出了白色的数字：赞成，1767；反对，177……

组织重新论证三峡工程

1984 年 9 月，重庆市政府建议将正常蓄水位提高，以便万吨级船队能直达重庆港。

国家科委受国务院委托对三峡工程的水位进一步组织了论证。

1986 年，中共中央、国务院发出《关于长江三峡工程论证有关问题的通知》，决定进一步扩大对三峡工程的论证，重新提出可行性报告。

5 月 8 日，中共中央、国务院决定：撤销三峡省筹备组，改建为三峡地区经济开发办公室。

6 月，经过反复研究后，中共中央、国务院联合发出了《关于三峡工程论证工作有关问题的通知》：

> 要求水利电力部广泛组织各方面的专家，在广泛征求意见，深入研究论证的基础上，重新提出三峡工程的可行性报告。
>
> 成立国务院三峡工程审查委员会，负责审查水利电力部提出的三峡工程可行性报告，提请中共中央和国务院批准，最后提交全国人民代表大会审议。

中共中央、国务院为了体现决策科学化、民主化的精神，决定由原水利电力部组织成立"三峡工程论证领导小组"，广泛组织各方面的专家，围绕各界提出的一些问题和新的建议，从技术上、经济上进一步深入研究论证，得出有科学依据的结论。

在此基础上，重新提出可行性研究报告，然后组建国务院三峡工程审查委员会负责审查可行性报告，提出审查意见并报请国务院审核。

1986 年，原水利电力部成立三峡论证领导小组，对论证工作实行集体领导。

领导小组下设地质地震、枢纽建设物、水文、防洪、泥沙、航运、电力系统、机电设备、移民、生态与环境、综合规划与水位、施工、投资估算、综合经济评价共 14 个专家组。

领导小组聘请国务院所属的 12 个院所、28 所高等院校和 8 个省市专业部门共 40 个专业的 412 位专家，全面开展三峡工程的论证工作。

领导小组为了支持各专家组的工作，根据工作需要，在全国范围内委托有关高等学校、科研、勘测、设计等单位，承担试验、勘测、调查、计算、研究的任务。实际参加工作的有数千人。

国家科委还组织了有关科技攻关项目，共有全国 300 多个单位 3200 多名科技人员对 45 个专题进行科技攻关，取得了 400 多项科技成果。

1986 年 11 月，重新论证工作开始。论证的内容，主要集中在兴建三峡工程的必要性、技术上的可行性、水库移民安置、生态环境问题、经济上的合理性、三峡工程的建设方案和兴建时机等方面。

水库建设的主要综合指标是设计蓄水位，它决定了工程的规模和效益。蓄水位越高，库容就越大，其防洪、发电、航运等效益也越高，而相应的技术问题随之增多，淹没损失也随之增大。

专家组在论证过程中，大家根据过去的研究成果，议定从海拔 150 米到 180 米之间选择水位。

在论证前，原水电部主张选择较低水位即 150 米，他们的理由是：移民较少；泥沙问题较简单，因为水库回水在重庆以下，泥沙淤积不会影响重庆。但低水位方案遭到两个方面的反对。

直到论证开始，两种意见仍相持不下，未达成共识。

论证中，对泥沙问题和移民问题分别组织了有权威并有代表性的专家组进行反复深入的研究。

两个专家组的结论是：将设计蓄水位提高到 175 米，相应的泥沙问题和移民问题都有把握解决。

最后，各专家组共同通过了水位方案：

> 初期蓄水位 156 米，这样有利于移民安置，并可检验泥沙淤积的影响；最终蓄水位定为 175 米，这样可以全面满足防洪和航运的需要，也

相应提高发电的效率。

在论证中，大家提出的最尖锐的问题是：三峡工程的投资是否会成为"无底洞"？

这也同时反映了广大群众的担忧。历经 10 多年的曲曲折折，刚刚进入稳定、繁荣、发展的新轨道，谁都害怕再来一次大折腾。

人们都记得，过去有些工程，为争取工程上马，违反实际的压低投资，一旦上马，各项资金立即加码，群众将这种工程称之为"钓鱼工程"。

有人提出："三峡工程投资基数很大，如果将来打不住，如果成为国民经济的无底洞，其后果将不堪设想。"

论证小组深深地感到责任的重大，他们对投资格外审慎。

专家组分析，有些工程大大突破概算，首要原因是前期工作不充分，特别是地质情况没有搞清楚，挖开基础后发现地质有重大缺陷，因而大大地增加了工程量。

大家认为，三峡工程坝址的地质情况较好，并经过长期勘探，这是它的有利条件。

在论证过程中，有人提出库岸滑坡和诱发地震问题，也都由地质地震专家组作出了明确一致的结论。大家考虑到，三峡工程毕竟规模巨大，将来设计施工中总会有些未能预见的因素。因此论证认为：在可研究阶段，工程量和投资计算必须留有余地。除枢纽外，三峡工程的总投资还包括移民安置和输电工程两大部分，都请专家进行了详细的复核。

最后，论证小组对三峡工程静态投资的概算为：按1990年价格计算，三峡工程的总投资为570亿元。其中，枢纽工程298亿元；移民安置185亿元；输电工程87亿元。

工程的工期分为3个阶段：施工预备期3年；从主体工程开工到第一批机组发电9年，以后陆续安装电机直到全部完工预计为6年。

在论证中发现，由于长江三峡的年均水量达4500亿立方米，建坝后可转化为高达840亿千瓦时的年均电量，比其他水电站有很大的优越条件。因此，单位千瓦的造价相对并不高。

论证组认为，三峡工程的建设是符合目前国民经济水平的。这可从三峡的主要产出指标发电能力来考察。

现在每年投产的发电能力超过1000万千瓦，每年的电力投资超过300亿元。即使不建三峡工程，华中和华东也必须建其他电站，即使将三峡工程的全部投资纳入电力投资，它占全国电力投资的比重也不超过当年的葛洲坝建设。

论证中的又一个重大问题是：三峡工程对生态环境的影响如何？在论证中，以中国生态学会理事长马士骏为组长的生态与环境专家组集合了各方面的专家学者，经过详细调查和充分讨论，提出了综合评价和相应对策。

1992 年，中科院环境评价部和长江水资源保护科学研究所，根据国家的有关规定，共同编制了三峡工程环境影响报告书，已经通过国家环保局终审。

专家组指出，三峡工程在建设过程中，需要安置的移民 100 多万。其中，一半是城镇居民；一半是农村居民。

对城镇居民迁移城镇一般不改变他们的原有生产条件。对农村居民，由于水库淹没耕地 36 万亩和柑橘地 7.5 万亩，必须重新安排生产条件。

农村移民和被淹的土地，分散在库区周边 2000 公里的 19 个县、市的范围，每个县、市淹没土地的比重不大，没有一个乡全淹，这是有利的方面。

但也有人指出，应该同时看到，这个地区是我国最贫困的地区之一，过去的滥垦滥伐已经使生态环境十分严峻，如果对移民安置缺乏统一的规划和领导，必然加重滥垦滥伐，使生态与环境更加恶化。

从另一方面来看，如果利用移民安置的大量投入，进行合乎科学的统一规划并加强领导，这对本地区的环境改造和人民的脱贫致富，也是最好的一个转机。因此，移民安置既是一个挑战，也是一个机遇。

论证组基于这些情况，他们完全接受了专家组的建议，明确要以建立和维护好良好的生态环境为目标，对库区进行改造和重建，改变过去对移民安置的一次性补偿办法，采取开发性移民的方针，即为移民全面安排生产和生活条件，并为库区的长远发展创造条件。

另外，要做好库区的国土规划，将城乡建设、移民工程、资源开发与环境整治等纳入总体规划，用系统工程的方法，把库区作为一个复合的自然、社会环境系统，制定出多目标、多功能的综合开发方案。

论证组还决定，制定和实施综合规划都要吸收生态与环境专家参加，并建议长江流域生态与环境的监测系统，进行跟踪监测，以便及时作出科学预测和采取对策。

1986 年，重新论证刚开始不久，有不少人对长江的泥沙问题特别担心，认为长江上游的水土流失在加重，长江的泥沙在增加，有变成第二条黄河的危险。

对此，论证组进行了认真的调查研究，大家认为，长江上游不少地方，由于滥垦滥伐水土流失的确在加重。由于长江上游的地质和气候与黄河流域不同，因此水土流失的后果也有所不同。

黄河流域主要为黄土高原，暴雨冲蚀的土壤颗粒很细，几乎全部随沟壑和支流洪水进入干流。因此，黄河在三门峡虽然年均水量仅 400 多亿立方米，但年均输沙量却达 16 万吨。

长江上游主要为岩石区，表层土壤被冲洗后，其余的冲洗物为岩石，颗粒较粗，大部分堆积在山沟和支流，只有小部分进入干流。因此，长江宜昌的年均水量为黄河三门峡的 10 倍，但年均沙量仅为其三分之一。

对于三门峡的泥沙问题，由于积累了黄河三门峡改建和长江葛洲坝设计的经验，并经水利、交通、教育三个系统的泥沙研究单位制作多个模型互相验证，专家们一致认为，可以长期维持水库的寿命并保证航运。

但是，长江上游水土流失对当地人民的危害的确需要重视，在某种意义上，它比黄河的危害更大。因为长江岩石山区的表层土壤很薄，不像黄土高原有深厚的土层，岩石山区的表层土壤一旦流失，当地人民就失去了农业生产条件，其后果是十分严重的。

根据这种认识，原水利电力部于 1987 年向国务院提出报告，认为不论建或不建三峡工程，长江上游的水土保持都应及早加强。

国务院批准了专家组提出的报告，并于 1988 年成立了长江上游水土保持委员会，将三峡两岸等地列入国家重点扶持计划。此外，国务院还批准了在长江上游建设防护林体系。

在论证中不少专家建议，先在长江的各支流上兴建水库，以控制洪水，开发水利。

在长江流域规划和三峡工程的论证中，对长江各主要支流的水库都作了研究，认为干流水库和支流水库都是长江治理开发的组成部分，各有所用，应该相互补充，不能互相替代。

大家基于这样的情况，在论证过程中，对建设条件成熟的支流水库，都予以积极支持。

重新编制可行性报告

1988 年 11 月，论证工作全部结束。14 个专家组提出了各自的论证报告。

1989 年 9 月，在重新论证的基础上，编写三峡工程的可行性研究报告。

重新提出的三峡工程可行性报告的结论是：

三峡工程对四化建设是必要的，技术上是可行的，经济上是合理的，建比不建好，早建比晚建有利。

可行性报告对于三峡工程的建设方案，推荐采用"一级开发，二级建成，分期蓄水，连续移民"的方案。

报告中指出：

大坝坝顶为 185 米，一次建成，初期运行水位为 156 米，最终正常蓄水位为 175 米，水库总库容为 393 亿立方米，防洪库容 221.5 亿立方米，水电站装机总容量 1768 万千瓦，年发电量840 亿千瓦时，移民不间断迁移，20 年移完。

大坝坝址位于湖北宜昌县三斗坪镇，施工

总工期 18 年，第十二年第一批机组发电。

工程静态总投资 571 亿元。

关于兴建三峡工程的必要性，推荐方案认为：

三峡工程效益巨大：

1. 可以控制长江上游洪水，减免长江中下游广大地区洪水灾害，保障经济建设和社会发展。

2. 为华中、华东及川东地区提供大量的电力，可有效地缓和这些地区能源供应长期紧张的矛盾。

3. 使宜昌至重庆航运条件显著改善，为万吨级船队直达重庆创造条件。

关于工程的技术可行性，推荐方案认为：

三峡工程基本资料充分可靠，前期工作相当充分，工程建设中需要解决的技术难题已经有明确结论，技术上没有不可逾越的障碍，在技术上是可行的。

关于移民的生态环境，这是兴建三峡工程中最关键和最困难的问题。论证结论认为：

移民安置任务艰巨，但有解决途径，工程越早建对移民工作越有利。

三峡工程对生态与环境的影响是广泛而深远的，既有有利的影响，也有不利影响，要采取有效措施充分重视，认真对待。

关于经济上的合理性以及兴建时机，论证结论认为：

投资计算的基础是可靠的，三峡工程的经济性是优越的，通过多渠道集资，我国现阶段国力是可以承担的。

1992 年，时任水电部部长、多年主管三峡工程筹备与论证工作的钱正英说：

要说三峡工程的论证已有几十年历史，光长江水利委员会提供的各种水位方案的论证报告就不下 10 多份，但总是难以取得完全一致的意见。这就迫使我们考虑这样一个问题：怎样才能使论证工作更科学、更有说服力？宋健同志曾经介绍过当年研制"两弹"的经验。开始时，争论也很厉害，后来聂帅定下一条："专家不越位，搞什么的就研究什么。"按照这一原则，成立专家委员会，定下专题，由各方面专家根据专题进行专门研究。三峡工程与"两弹"一样，是一个大的系统工程，看来也应这样办。根据这个经验，我们曾经设想成立一个专家委员会，请地位超脱、不负众望的大科学家，如钱学森这样的人出任专家委员会主任。但后来由于各种原因，这一设想落空了。牵头组织论证的任务最后还是落在了水电部的头上。不过，"专家不越位"，分专题进行研究的思路得到了大多数人的赞同。

钱正英说：

这次重新论证建立了分三个层次进行论证和决策的程序。先由水电部牵头广泛组织各方面专家重新论证，重新编写可行性研究报告，然后由国务院组织更高层次的审查委员会进行审查，并报国务院和中央政治局讨论通过；最后一个层次：提交全国人大审议。为沟通这三个层次，专设一个协调小组，随时向人大和政协的常委会通报情况。

可见，三峡工程的可行性研究报告是成熟的，广大科技工作者就等待中央的审查批准了。

国务院审查可行性报告

1990 年 7 月，国务院在听取了重新论证的情况汇报和各方面的意见后，决定成立国务院三峡工程审查委员会，对可行性研究报告进行审查。

国务院三峡工程审查委员会，由国务委员兼国家计委主任邹家华任主任，王丙乾、宋健、陈俊生 3 位国务委员任副主任，委员中包括三峡工程涉及的各部部长及科学院、社会科学院的负责人共 21 人。

国务院三峡工程审查委员会的审查工作，采取先分 10 个专题进行预审，然后再由审查委员会集中审查的办法，明确要认真地研究各方面提出的一些疑点、难点和不同意的意见，并作为这次审查工作中的一个重要方面，力求使审查得出客观、科学、公正的结论。

10 个预审组共聘请了 163 位专家，其中过去未参加过三峡工程论证工作的占 62%，现任各有关部门行政、技术职务的占 73%。

各预审组进行了实地考察，召开了预审会议，于 1991 年 5 月都提出了预审意见。

1991 年 7 月 9 日至 12 日，审查委员会召开第二次会议，听取了 10 个预审组的预审意见。

审查委员会的委员们本着实事求是、尊重科学的精神，进行了认真的讨论和审议，一致认为：

> 三峡工程的前期工作规模之大，时间之长，研究和论证程度之深，在国内外是少见的。它是成千上万的专家和工程技术人员长期不辞辛苦、埋头苦干的结晶，也是发扬民主，听取不同意见，反复论证的结果。
>
> 无论赞成的、怀疑的或者不同意的意见，都是为了如何更好地解决长江中下游的防洪和治理问题，都是从对国家和人民负责出发的。这些意见对增加论证深度，改进论证工作以及完善论证结果都起到了十分积极的作用。
>
> 对待所有意见都应采取博收其长、吸收合理部分的态度，而不应采取排斥对立的态度。

因此，在论证、审查中，对有关部门、地方和社会各界提出的意见和建议进行了认真研究，并采纳了许多有益的意见。

审查委员会一致认为：

> 在重新论证基础上编制的可行性研究报告，其研究深度已经满足可行性研究阶段的要求，可以作为国家决策的依据。

1991 年 8 月 3 日，审查委员会召开最后一次全体会议，一致通过了对长江三峡工程可行性报告的审查意见，认为三峡工程建设是必要的，技术上是可行的，经济上是合理的。

全体会议建议，国务院尽快决策兴建三峡工程，提请全国人大审议。

1992 年 1 月 17 日，国务院常务会议认真审议了审查委员会对三峡工程可行性研究报告的审查意见，同意兴建三峡工程，并提请全国人民代表大会审议。

陈慕华提出重要建议

1992年3月30日，全国人大财经委员会经过反复研究，分析比较，提出重要建议：

> 将兴建三峡工程列入国民经济和社会发展的十年规划，由国务院根据国民经济发展的实际情况和国家财力物力的可能，选择适当时机组织实施。

在七届全国人大五次会议主席团第二次会议上，时任全国人大常委会副委员长、全国人大财经委员会主任委员陈慕华说："代表们对兴建三峡工程非常关心，在审议过程中，提出了很多很好的意见和需要注意的问题，多数代表赞成兴建，有的代表表示疑虑，有的代表不同意搞这项工程，并都陈述了各自的理由，他们都是从国家和民族的利益出发的。"

陈慕华说："三峡工程规模宏大，技术复杂，工期长，移民数量大，还涉及到生态、环境、社会等诸多方面的问题，必须充分估计到建设任务的艰巨性与复杂性。

"为了建设好三峡工程，建议国务院建立强有力的指挥机构，由国务院领导同志亲自负责，切实加强领导，统一指挥。对工程建设中涉及地区之间、部门之间的关系和群众利益等重大问题，要制定专门的法规，切实做到有章可循。"

陈慕华在报告中提出建议：

坚持贯彻开发性移民方针，把移民工作和库区经济发展有机结合起来，切实把移民安置好。要把库区工业企业的迁建与企业产品结构的调整和技术改造结合进行，促进企业技术进步和经济效益的提高。切实加强长江中上游地区的造林绿化和水土保持，严格执行《森林法》和《水土保持法》的有关规定，以减少各河流的泥沙下泄及库区的淤积，并把这项工作与发展长江中上游地区的农业生产、增加农民收入和改善生态环境紧密结合起来。

人大表决通过工程议案

1992 年 4 月 3 日 15 时 20 分，全国七届人大五次会议最后一次全体会议召开。

2663 名出席代表庄重地按动面前的表决器。人民大会堂主席台两侧巨大的蓝色荧屏上，跳出了白色的数字：赞成，1767；反对，177；弃权，664；未按表决器，25。

时任全国人大常委会委员长万里宣布三峡工程议案通过。

掌声顿时响了起来，人们都站了起来，会场里恰似一片春潮涌动。

第二天，《人民日报》等各大报刊登载了《第七届全国人民代表大会第五次会议关于兴建长江三峡工程的决议》，全文如下：

> 第七届全国人民代表大会第五次会议，审议了国务院关于提请审议兴建长江三峡工程议案，并根据全国人民代表大会财政经济委员会的审查报告，决定批准将兴建长江三峡工程列入国民经济和社会发展十年规划，由国务院根据国民经济发展的实际情况和国家财力、物力的可能，选择适当时机组织实施。对已发现的

问题要继续研究，妥善解决。

以全国人大会议表决的方式来决定一项工程的命运，确实史无前例。这项工程在中国社会发展和民族心理上的重要性由此可见。几十年来，三峡工程为无数志士仁人、政界权威所关心，引发无数专家学者旷日持久的研究，也发生过颇为引人注目的争论。许多优秀的人物为它奉献了自己宝贵的青春、才能，甚至全部生命。道不尽的三峡情，做不完的三峡梦，还有难以理清的三峡风风雨雨，都随一江春水东流而去。世界上再没有第二个工程像它这样震撼这么多人的心灵了。三峡工程可以无愧地被称为世纪性的、全民的、举世瞩目的大工程。

1992 年 3 月 30 日，台湾《联合报》在《人大会三峡工程大论辩难得一见》的标题下，刊登该报特派记者发自北京的一则报道：

备受各方关注的三峡工程议案，成为本届全国人大和全国政协大会上的热门焦点议题，尤其是负责审议三峡工程议案的全国人大代表，更对这项跨世纪巨大工程展开热烈讨论。中共主管官员亦多次到场听取人大代表的正反意见，并对三峡工程作出政策辩护。人大代表与官员之间围绕三峡工程进行难得一见的"对话"，是本次全国人大的一大特色。

……

三峡工程议案在本届人大定案已是定局，连重庆人大代表也表示虽然在会上传达当地反对民意，但在投票时还是要投赞成票。

邓小平曾言："中国政府所做的一切事情都是为了人民，对于兴建三峡工程这样关系千秋万代的大事，一定会周密考虑，决不会草率从事。"

3月30日，在七届人大五次会议主席团第二次会议上，针对三峡工程存在的不同意见，万里委员长说：

这项工程巨大，牵涉面广，国务院对此一直十分慎重，组织了各方面的专家进行了40多年的论证。论证的结论是兴建三峡工程效益显著，利大于弊。既然如此，就不应再议而不决了……当然，同意兴建三峡工程也并不是马上就上马，只是批准国务院将它列入国民经济和社会发展十年规划。不管在批准前或批准后，都欢迎代表继续提出意见。

在此期间，一些知名的持有不同意见的老同志说：

设计论证

对三峡工程长期存在不同的意见是正常的，不但在人大会议前，即使将来大坝建成后，也还会有不同的看法。50年代时李锐反对上三峡是无可非议的。两种意见在南宁会议、成都会议上都研究过，会议的结论把两种意见结合了，肯定三峡工程可以搞，又强调"积极准备，充分可靠"。

还有的老同志说：

1986年，党中央和国务院决定重新全面论证，从那时起一直论证到现在。从全过程看，中央十分慎重，很重视民主化、科学化，没有任何干预。我是1984年后才卷入的，7年中没听到中央领导发表什么个人意见。中央反复讲要经得起历史的检验。论证工作虽然由水电部组织，但412位专家，包括各行各业，半数以上不是水电系统的。论证主要由专家负责，领导从未干预。

人大代表说：

关于少数多数，应有三个原则：第一，尊

重科学试验、科学分析的成果，而不是凭概念想当然。第二，应尊重每个专业的专家的意见。第二，少数人的意见应当尊重，但真理也并不一定在少数人手里。论证小组不是组长负责制，组长不能操纵每个专家。我们还邀请了一些特邀顾问。

4月4日，有个记者访问了著名水利专家、学部委员、清华大学副校长张光斗教授。张光斗是主张早上的。他对各方的不同意见并不感到意外。他说：

> 这样大的工程有不同意见，不足为奇。持不同意见的绝大部分人不是搞这一行的，只从方针政策谈，不从技术上谈。三峡工程对四川影响不大。对库区而言，老百姓迁移开发、生活水平不会降低反会提高。上游各个支流可以修坝防洪、发电，为什么修下游？支流地区不可能同时下雨，下游防洪效果会更好。上游分开多个水库费用也会高得多。

还在人大开会前夕，时任全国政协副主席、三峡工程论证领导小组组长钱正英对上海《文汇报》记者说：

> 我希望人大常委会能原则通过，然后授权

设计论证

国务院决定何时开工。因为明年（1993 年）国务院就要换届了，即使人员不变，也是两届政府。这样可以给下一届政府充分机动权，而不硬给它定下一个东西。现在，我们千万不能再搞一举手通过就放炮了。

4 月 18 日上午，钱正英在全国政协会议室会见记者时指出：

我现在想到的是如何执行决议。我们论证领导小组在 4 月 4 日下午便开会研究了这个问题。

人大决议归结起来：一、人大批准把三峡工程列入十年规划；二、由国务院选择适当时机组织实施；三、对已发现的问题要继续研究，妥善解决。前两点是人大、国务院的事，第三点是我们小组要做的。

所以，我们 4 日开会不是庆功，而是研究怎样贯彻执行。人大会议期间提出了许多问题，六个方面的问题：一是优化设计，属技术问题；二是移民规划方面的问题；三是进一步专门研究对重庆及下游环境的影响；四是集资方案问题；五是建设管理体制问题；六是关于长江的综合治理问题。我们将六类问题作了分工，并对有关方面提出了大体要求。

说到这里，钱正英的声音凝重起来：

> 大家认识到，人大决议通过后，我们的历史责任更重大，要保证工程能造福子孙，不留后患。我们一定要认真领会周总理的一贯教导。他说过，处理水利要兢兢业业，如临深渊，如履薄冰。我们要积极创造条件，为国务院选择时机做好各方面的工作。

决议通过后，在全国引起了巨大的反响。广大人民群众以各种方式表达自己对于工程的支持。

从 4 月 3 日起，各界人士不断来信来电，自发捐款，表现了很高的热情。

四川大学周波等同学来信说：

> 我们希望三峡高坝不仅仅由钢筋混凝土加钞票筑成，更应该由中华民族 11 亿炎黄子孙折不弯、摧不垮的向心力、凝聚力所筑就。

一位攀枝花钢厂的工人捐了 300 元，他说："三峡需要 600 亿元，我只捐了二亿分之一，实在太少了。"

浙江诸暨水电局的一位干部表示要响应《人民日报》

提出的"从各方面为三峡工程作出贡献"的号召，要从现在起，每年4月3日都要寄捐100元，直至三峡建成。

许多中小学生节省早点钱、零用钱，或是卖废纸攒钱，为三峡工程献上自己的爱心。

4月下旬至5月初，四川开始形成"三峡热"。许多地方开始筹备参与三峡工程建设的技术、经济活动，库区更是"人心思变"，进行积极的准备。

重庆钢铁公司总经理郭代议说："我们正筹备成立三峡工程配套公司，并在重庆大渡口区成立建材市场。"

年近九旬的时任民革中央副主席贾宜斌对三峡工程衷心地拥护，并写了一副对联以表心志：

云梦泽早已非泽；
洞庭湖即将非湖。
快上三峡。

4月23日，时任重庆市副市长窦瑞华谈到三峡工程对重庆市的影响时说：

虽然会有许多困难，但如果处理得当，三峡工程将给重庆带来新的机遇。

邹家华作三峡工程议案说明报告

1992年2月20日，中共中央政治局开会，听取并讨论国务院关于三峡工程的意见。

21日，时任国务院总理李鹏向七届人大五次会议提交了关于三峡工程的议案。

同日，时任国务院副总理邹家华在七届人大五次会议上作了《关于提请申议兴建长江三峡工程议案的说明》的报告。

关于兴建长江三峡工程的重要性和必要性，邹家华着重阐明了4点：1. 解决长江中下游的防洪问题是国家经济发展的需要，必须采取综合治理措施；2. 兴建三峡工程，是诸多综合治理措施中的一项关键性工程措施；3. 三峡工程可为华中、华东和川东地区提供重要的能源；4. 三峡工程的另一个效益就是可提高川江航道通过能力，促进长江航运事业的发展。

关于三峡工程的建设方案，邹家华作了如下说明：

> 三峡工程正常蓄水位的选择，涉及工程规模、工程效益、水库淹没、移民安置和泥沙淤积等重大问题。
>
> ……

设计论证

最后确定，采用水库正常蓄水位 175 米，大坝坝顶高程 185 米和"一级开发，一次建成，分期蓄水，连续移民"的建设方案。

关于三峡工程的技术可行性，邹家华指出：

三峡工程的勘测、设计和科学试验工作已进行了近 40 年，基本资料丰富，前期工作做得比较充分。大坝建在坚硬完整的花岗岩岩体上。工程规模虽大，但建筑物都是常规形式，我国有比较丰富的建设经验，有能力完成设计和施工任务。主要机电设备可依靠自己的力量，立足国内制造。总的讲，工程建设在技术上是可行的。一些同志比较担心的泥沙淤积、水库诱发地震和库岸稳定问题，经过国内有关专家的深入研究，已基本搞清楚，并有了对策。

……

水库建成蓄水后是否产生诱发地震，一直是地质与地震部门长期研究的重点。经过几十年的调查研究，他们认为三峡工程坝址处于地壳稳定性较好的弱震环境地区，建库后虽然不能排除局部地段产生水库诱发地震的可能，但即使产生水库诱发地震，影响到坝区的烈度将不超过 6 度，不致影响工程的安全。

关于三峡水库库岸稳定问题，经过长时间的调查研究，专家组认为，水库无渗漏及严重的浸没坍岸问题，库岸的总体稳定性是好的。少数可能失稳的大型崩塌滑坡体离三峡坝址都在 26 公里以外，不会影响工程的运用和大坝安全。水库蓄水后江面展宽，水深加大，因崩塌滑坡导致堵江碍航的可能性比建库前大为减小。

关于建设资金筹集的可行性，邹家华指出：

在论证和审查中，采用多种方法对建设三峡工程进行了国民经济评价和财务评价，包括静态分析、动态分析、工程本身的投入产出分析和各种替代方案的比较。研究结果表明，三峡工程虽然总投资大，总工期长，但由于防洪、发电、航运等综合效益大，并在建设的中期就可发挥出巨大的发电效益，因此，仍能取得较好的国民经济效益和财务效益。各项国民经济评价指标和财务评价指标均能达到国家规定的标准。由于从第九年起第一台机组发电后就有收益，因此预计工程建成后的短时间内，有可能收回全部建设资金。

······

三峡工程投资基数较大，但资金投入流程

长，发电前资金需要量约为总量的一半左右。发电后的建设资金相当部分可以靠发电收入自筹……三峡工程建设资金筹措的关键，是解决发电前近 300 亿元的建设资金问题……除适当提高葛洲坝电站发电电价所得收入和征收水电建设基金外，所需资金还可以通过社会各方面筹资，如债券、股票、贷款以及利用外资等来解决。只要发挥中央和地方两个积极性，采用多渠道筹集，建设所需资金是能够解决的。

关于水库移民问题，邹家华说明：

三峡水库移民，量大面广……安置区经济不发达，土地资源有限，移民安置又涉及社会、经济以及生态与环境问题，这是兴建三峡工程中一个关键的和困难的问题。中央和地方对此都十分重视，社会各界也很关注。

为探索解决三峡水库移民安置的途径，1985 年国务院决定在三峡库区进行开发性移民试点工作，改变过去一次性赔偿的办法，实行开发性移民方针。

6 年多来，川鄂两省有关县、市进行了开发性移民试点工作，在农村移民安置、城镇及工厂搬迁和人才培训等方面作了探索，受到了库区领导干部与群众的欢迎和支持。

试点经验表明，开发性移民大大优越于过去的赔偿性移民，利用移民计划的投资，作为发展当地经济的资金，合理地开发利用当地的资源，积极发展第一、二、三产业，努力拓展移民环境容量，同时安置好移民，使移民的生产和生活得到较好的安排。试点的成功，大大增强了各级领导做好移民工作的信心。

从目前的情况看，做好移民安置工作，也还有一些有利因素……

即使如此，由于三峡工程移民安置量大，任务十分艰巨，对存在的问题要有充分估计，因此，切不可有任何松懈。要搞好三峡工程移民安置，必须继续认真贯彻中央确定的开发性移民方针，做好移民安置规划，制定切实可行的政策，调动各方面积极性，加强管理，加强领导。国务院已成立三峡工程移民试点工作领导小组，负责部署移民试点的各项工作。当前要继续做好扩大移民试点的工作，使得试点地区移民的生产和生活得到合理稳定的安排，并严格控制库区淹没线以下的基本建设和人口增长。

关于生态与环境问题，邹家华指出：

国家对三峡工程的生态与环境问题极为重视，从50年代开始就组织力量进行研究。80年代以来，研究工作更加广泛、深入，并列入了国家"七五"科技攻关计划。最近，有关部门编制的《三峡水利枢纽环境影响评价报告书》已通过了主管部门的预审和国家环保局的终审。

三峡工程建设对生态与环境的影响，既有有利的方面，也有不利的方面。有利的影响主要有：可以有效地减少洪水灾害对中下游地区生态与环境的破坏，减缓洞庭湖的淤积和萎缩；增加中、下游枯水期流量，改善大坝下游枯水期水质，并可为南水北调提供水源条件；与火电相比，可减少大量废气、废水、废渣对环境的污染。

……

三峡工程对生态与环境的影响广泛而深远，本着对人民负责和对子孙后代负责的精神，对不利影响必须予以高度重视，要采取得力措施将其降低到最小程度……

各方面要在人力、物力、财力上给予支持，以保证各项环境保护措施的落实。

关于人防问题，邹家华作了如下说明：

战时三峡工程大坝的安全问题，从 50 年代起就进行了大量试验研究。三峡水库下游有 20 公里长的峡谷河段，对溃坝洪水起约束、缓冲和消减作用，有利于减轻洪灾损失。在大坝遭突然袭击严重破坏的情况下，据溃坝模型试验，溃坝洪灾对坝下游局部地区造成的损失是严重的，但由于狭长峡谷所产生的缓冲作用，可以减轻危害，不致造成荆江两岸发生毁灭性灾害。

人防问题虽然做了很多工作，但仍需继续深入研究，采取工程防护和积极防御等综合对策措施，最大限度地减轻三峡工程可能因遭战争破坏而产生的损失。

最后，邹家华提出了对三峡工作决策的建议：

综上所述，国务院三峡工程审查委员会认为，三峡工程是一项规模宏大的水利枢纽工程，在防洪、发电、航运和供水等多方面将产生巨大的综合效益，特别是对保障荆江两岸 1500 多万人民生命财产安全具有十分重要的作用。从对增强我国综合国力和为下世纪初国民经济发展打下坚实的基础来说，兴建三峡工程也是十分必要的。

设计论证

有关三峡工程的勘测、科研、设计和试验工作自50年代初开始，全国有关部门和各方面人士通力合作，已持续进行了近40年，前期工作深入，需要研究和解决的主要问题，已基本清楚，并有了对策。

建设方案通过重新论证和审查，考虑和吸收了各方面的有益意见和建议，更趋完善。三峡工程的前期工作已经可以满足可行性研究阶段的要求。三峡工程建设是必要的，技术上是可行的，经济上是合理的，随着经济的发展，国力是可以负担的，当前决策兴建三峡工程的条件已经基本具备。

长江百余年来发生了5次大洪水，自1954年以来，已有近40年没有发生全流域性的大水。洪水的出现有一定的周期性，在一定意义上讲，发生大洪水的威胁在不断增长……当前我国政治稳定、经济稳定、社会稳定。现在决策兴建三峡工程，时机也是比较适宜的。

三、 施工建设

● 李鹏指出："三峡水利枢纽将为华中、华东、四川等地区提供大量的电力，并将对长江沿岸的经济繁荣产生巨大的推动作用。"

● 王家柱说："三峡工程已定于 11 月 8 日进行大江截流。为确保万无一失，有关方面正在密切观测导流明渠泥沙淤积情况……"

● 李鹏说："各地在移民工作中探索出了不少成功的经验，如市、县对口移民、异地安置移民、依托外迁企业带动移民等等。"

李鹏宣布三峡工程开工

1994 年 12 月 14 日，李鹏在宜昌三斗坪举行的三峡工程开工典礼上宣布：

三峡工程正式开工。

邹家华主持了开工典礼。

全国人大常委会副委员长陈慕华，全国政协副主席杨汝岱和四川省委书记谢世杰，四川省省长肖秧，湖北省委书记、省长贾志杰，湖南省委书记王茂林以及中共中央和国务院有关部门负责人，三峡工程的建设者，各界有关人士，出席了开工典礼。

会议主席台两侧分别写着两条标语：

发扬艰苦创业精神，建好宏伟三峡工程。

一流工程、一流质量、一流管理、一流文明施工。

右岸山坡上写有 8 个大字：

建设三峡，开发长江。

大会在中华人民共和国国歌和礼炮声中隆重开始。李鹏在大会上发表《功在当代利在千秋》的重要讲话。他说：

三峡水利枢纽工程经过长达 40 年的论证，七届全国人大五次会议批准，又进行了近两年的施工准备，现在已经具备了开工的条件。中央决定三峡工程正式开工，这是我国经济建设中的一件大事，也是全国人民关注的一件大事。

我代表党中央、国务院向多年来参加工程勘测设计、科研和论证的专家学者，向参加三峡工程的广大建设者，向一切为三峡工程作过贡献和表示关心的国内外人士表示崇高的敬意和亲切的慰问。

李鹏说：

三峡工程是一项具有防洪、发电、航运等巨大综合效益的工程。长江洪水一直是中华民族的心腹之患。

长江中下游是我国重要的经济发达地区，历史上曾多次发生过严重洪水灾害，给江汉平原、洞庭湖区广大人民群众的生命财产和沿江

重要城市、工矿企业、交通干线带来极大的损失。三峡工程是解决长江中下游洪水威胁的诸多措施中的一项关键性工程，不仅可以防止荆江两岸发生毁灭性灾害，减轻对江汉平原、洞庭湖地区和武汉的威胁，还将提高长江中下游的防洪标准，意义是十分重大而深远的。

三峡水利枢纽是全国乃至世界规模最大的水电站。它将为华中、华东、四川等地区提供大量的电力，并将促进全国电网的形成，对长江沿岸的经济繁荣产生巨大的推动作用。

三峡工程建成后，高峡出平湖，将极大地改善长江的航运条件，万吨级船队将可从武汉直达重庆，充分发挥黄金水道的作用。

经过认真筹划，三峡的名胜古迹得到最大限度的保护，而且可以形成新的景观。

三峡工程及其坝区将会成为现代化与民族风格相融合的气势磅礴、青山绿水、环境优美的风景旅游区。三峡的旅游事业将得到进一步发展。

李鹏强调指出：

三峡工程是目前世界上最大的水利水电工程。我们一定要把它建成世界第一流的工程。

第一流的工程要有第一流的现代科学管理、第一流的文明施工、第一流的工程质量。要按照社会主义市场经济原则和现代企业制度进行工程管理，实行项目法人责任制、招标投标制、工程监理制和合同管理制。三峡施工要采用先进的施工机械和施工方法，做到用人少，工期短，质量好，效益高。施工现场要实行封闭式管理，建立良好的工作秩序，为文明施工创造有利的条件。

在讲到移民工作时，李鹏说：

库区移民是三峡工程成败的关键，任务十分艰巨。移民要实行开发性移民方针。不仅要做好移民的安置，还要发展库区的经济，提高人民的生活水平。三峡移民要实行"中央统一领导、分省负责、县为基础"的管理体制，移民经费切块分给四川和湖北两省，包干使用。各级政府要统筹安排，精打细算，结合开发，合理使用。希望库区广大人民发扬风格，顾全大局，做好搬迁安置和开发工作，支持三峡工程的建设。

为了促进三峡库区的经济发展，国务院已决定把三峡库区列为经济开放区，给予优惠政策。国家和省、市在安排建设项目时，将根据建设条件，予以同等优先的原则加以考虑。中央有关部门和有关省市要对库区实行对口支援。所有这些都给库区带来了前所未有的发展机遇。库区各级政府和广大人民群众要抓住这个机遇，发扬自力更生、艰苦奋斗的精神，努力把库区逐步建设成为一个经济繁荣、社会发展、人民安居乐业的地区。

在讲到三峡工程的建设资金时，李鹏说：

为确保三峡工程顺利进行，国家已建立了由全国支持的三峡工程建设基金，形成稳定的建设资金来源，并且制订了可行的国内外资金筹措方案，因此，三峡工程的建设资金是有充分保证的。

三峡水力发电机组和输变电设备将采用世界先进技术和设备，我们欢迎世界上具有制造大型水电和输变电设备经验的厂商参加竞争，转让技术，合作生产，参与这一工程建设。

三峡工程开工以后，在建设过程中，还会遇到一些新的困难和问题，但是我们相信，在以江泽民同志为核心的党中央领导下，任何困难都难不倒我们，三峡工程建设必将顺利进行，

1997 年实现大江截流，2003 年首批机组发电，2009 年工程将全部竣工。

一个宏伟壮丽的三峡工程将巍然屹立在中国的大地上，它将向全世界证明：中国人民有志气、有能力建设好当今世界上最大的水利水电工程。三峡工程功在当代利在千秋。

三峡工程开发总公司总经理陆佑楣，地方领导肖秧、贾志杰和施工代表、设计监理代表也先后在会上讲话。讲话后，李鹏为长江三峡工程奠基揭幕。大会开得隆重而简朴。

会议一结束，三峡主体工程的混凝土就开始浇筑。

李鹏等视察了工地，同工人们亲切见面。

在长江三峡工程开工前，李鹏于 12 月 12 日、13 日在船上主持召开了国务院三峡工程建设委员会专题会议，就三峡工程的若干问题同国务院有关部门负责人和有关省、市负责人进行了研究。

李鹏还到四川省的丰都县、万县和奉节县等地，视察三峡库区，考察移民工作，并访问了搬迁农户。

李鹏要求三峡库区各级领导带领群众认真做好搬迁移民工作，在支援三峡工程建设的同时，把移民工作与区域经济发展结合起来，使这些地区的人民更快地富裕起来。

导流明渠施工拉开序幕

1993年10月24日10时45分，200多艘船只和200多台大型挖掘装载车辆，同时向堡岛周围的江面抛投石料，拉开了导流明渠施工的序幕。

导流明渠的施工地段地质状况十分复杂。这里自上而下是千年的淤泥，亿万年的强弱风化砂，还有大量的新生纪时期的花岗岩石。风化砂中隐含着巨大的风化球块，开挖难度可想而知。

但这一切都没有难住善于打硬仗的葛洲坝集团公司，大家在长江深滩中清除淤泥，平均挖掘深度达15米。

葛洲坝人顶着每秒5万立方米的长江洪水，调动4艘巨型挖泥船和20多条配套施工船只，仅用了3个月时间，就全部完成了水上清淤任务。

面对坚硬如铁的花岗岩，葛洲坝集团调集了3个王牌公司，投入700多台套现代化大型施工机械，啃掉了一个又一个硬骨头，挖走了2200多万土石方，将破堰进水的时间提前了5个月。

1997年5月1日10时45分，千古奔流的长江第一次按照人的意志，温驯地拐进了一条长达3.4公里的"人造长江"——三峡工程导流明渠。

导流明渠提前5个月破堰进水，为三峡工程大江截流提供了根本保证。

三峡工程导流明渠担负着二期工程导流及施工通航任务，是临时船闸升船机建成前唯一的导流通航建筑物。

1997年10月4日，长江三峡工程开挖的三峡导流明渠，正式由施工单位交给航运部门管理。

从10月6日起，三峡工程坝址长江主河床将要断航，过往船舶全部由导流明渠通过。

有关负责人介绍说：

在三峡大江截流主河道断流后，船只主要从导流明渠通过。而到长江汛期，当三峡坝区河段流量大于每秒2万立方米，明渠不能通航时，要靠临时船闸辅助通航。

按照三峡工程导流方案，导流明渠将承担三峡工程施工期间6年的通航任务。到2003年永久船闸建成后，导流明渠将被截断，然后在被围起来的明渠上修建三峡工程大坝和右岸电站厂房。

1997年10月6日9时，千百年来第一个使长江改道的工程——三峡工程导流明渠正式投入运行。

8时45分，离长江主河床封航还差15分钟，顺江而下的"华伟1003号"机驳船，缓缓通过三峡坝址。这艘船将成为长江有船舶航行1000多年来，最后一艘在三峡坝址长江主河床航道上通过的船只，从此，这里的长江主河床航道将永远封闭。

在三峡工程施工期6年里，船舶由导流明渠和临时船闸航行。2003年以后，船舶将从永久船闸通过。

9时整，航务部门下达了长江主河床封航的命令，导流明渠同时亮起了正式通航的标志。

一艘载有200名游客的旅游船"神州号"，逆流而上，第一个拐进全长3.5公里的导流明渠。

当时，导流明渠的流速为每秒1.8万立方米左右，明渠江面水流平缓舒坦，"神州号"旅游船在岸边人群的欢呼声中，稳稳行驶。

船长李海清通过无线对讲机，激动地告诉航道指挥人员："感觉很好！"

船只一艘接一艘，船队一队连一队，"人造长江"恰似一幅百舸争流图。

进行清库及文物保护

2002 年 10 月 4 日，为确保大江截流后长江水质清洁和航运安全，三峡工程一线水位淹没区全面展开水库清库工作。

按照长江 200 年一遇洪水标准测算，三峡工程大江截流后，由于水位抬高，库区湖北省的宜昌、秭归、兴山、巴东和重庆市的巫山、奉节、云阳 7 个县将有部分地区受淹。

工程指挥负责人说：

> 在一线水位淹没线下，有各类房屋 165 万平方米，存在大量的厕所、粪坑、畜圈、垃圾堆、坟墓和残留化学物质的仓库等，这些污染源如不认真处理，将直接污染长江水质。此外，一些房屋、桥梁、电杆如不彻底清理，沉入水底后也将对长江航运安全留下隐患。

国家对三峡库区一线水位的清库工作极为重视。国务院三峡工程建设委员会移民局在库区做了全面部署，一线水位淹没区迅速形成清库高潮。

大家看到，各地对污染物的消毒比较彻底，有的将污染物运至淹没区以外处理；对林地残余的枯木、秸秆等易漂浮物作了烧毁处理。

10月7日，三峡工程大江截流在即，湖北省、重庆市正组织文物工作者加紧对三峡工程淹没区文物进行抢救保护。三峡工程文物保护领导小组湖北站站长、时任湖北省文物考古研究所所长陈振裕说：

> 今年（2002年）以来，湖北省组织考古工作者和五所大专院校专家共200余人，对三峡库区文物进行抢救保护工作。
>
> 他们打破历史常规，酷暑时节不休息，工作进展十分顺利，并取得了许多重要成果，其中有的发现填补了三峡地区考古工作空白。

其中，位于秭归县城对面的庙坪遗址年代跨度长、文化特征鲜明，共清理墓葬55座，出土可复原文物600多件。其中东周墓葬、汉墓和宋代土坑洞室墓均是三峡考古的重要发现，是研究中国墓葬变化规律及巴楚关系难得的实物资料。

此外，官庄坪遗址、杨家沱遗址、河坎上遗址等均获得了重要考古发现。

在1996年和1997年，湖北库区共安排文物保护资金2100万元，用于124个项目的文物保护。其中，地面文物保护项目47个；地下考古发掘项目77个。

完成三峡对外交通建设

1996 年 10 月 1 日，亚洲载重量最大的公路大桥，三峡工程覃家沱大桥建成通车。

这座总长 302 米、宽 21 米，横跨三峡工程临时船闸引航道的大桥投入使用，标志着三峡工程对外交通建设全部完成。

作为全球超级工程，三峡工程规模巨大，对外交通任务繁重。

有专家测算说："在 18 年施工期间，三峡工程对外交通运输总量达 4000 万吨。"

根据专家意见，国务院三峡工程建设委员会确定三峡工程对外交通选用以"公路为主、水运为辅"的方案。

三峡工程对外交通建设从 1993 年开始全面展开，主要项目包括对外交通专用公路、西陵长江大桥、杨家湾码头、覃家沱大桥。

全长 28 公里的对外交通专用公路，是连接三峡工地和宜昌—黄石高速公路的准高速公路。

这条公路上建有 34 座大桥、特大桥和 5 条隧洞。桥梁、隧洞总长度达 18 公里，被誉为"中国桥梁隧洞博物馆"。

随着这条公路在 1996 年 10 月 1 日全线通车，汽车从三峡工地到宜昌的行驶时间，由过去的一个半小时左右，减少到20分钟。

由于三峡工程施工在长江南北两岸同时展开，国内跨度最大的悬索桥西陵长江大桥，就成了三峡工程两岸连接的重要通道。

这座没有桥墩的钢筋桥在1996年8月正式通车，既满足了工程需要，又避免了对航运的影响。

1996年4月建成的三峡工程杨家湾港口，主要承担三峡水运物质的中转任务。港口岸线总长1000米，设有客运、散装货、集装箱杂件、重大件共4座码头，有6个1000吨级泊位。

1996年，长江航务管理局加紧建设现场航运配套设施，全年完成基本建设投资2800多万元。

长航局针对工程二期施工可能出现的复杂情况，编制了《三峡水利枢纽二期施工通航管理办法》，对工程坝区水域内的船舶调度、船舶航行、安全保障、通信联络以及水下施工作业等进行了明确规定。

长航局在对各种安全紧急情况仔细研究分析的基础上，编制了《二期通航安全应急方案》，从应急力量、程序、措施上作了精心部署。

二期通航管理工作已形成规范化、系统化的规章体系，为有效实施二期坝区施工水域安全管理和航运畅通打下了基础。

为搞好大江截流后的明渠通航工作，长航局编制了

《三峡工程明渠试航方案》，已进行了多次明渠通航的模型试验，取得了满意的效果。

此外，长航局还组织长江航运科研所、长江航运集团等单位开展了"船舶过坝优化调度方案""明渠汛期绞滩及换推措施"的专项研究，进一步提高明渠在汛期的通航能力。

调整公路修建以后，乘飞机直抵三峡机场，汽车在调整公路上行驶40分钟，便可看到三峡工程宏伟壮观的施工场面。

随着长江三峡工程移民搬迁的全面展开，国家和三峡库区地方政府投入巨额资金，大力发展调整交通。

广大建设者只用了3年时间，就在三峡工程所在地宜昌市初步形成了陆地、水上、空中立体高速交通网络。

湖北省用3年时间修通了宜黄高速公路，坐汽车从武汉到宜昌只需3个多小时。

与此同时，中央政府投资修建了从宜昌通往三峡工作施工区的专用调整公路，使宜昌至工区的行车时间由两个多小时缩短为30分钟。

作为三峡工程重要配套项目，三峡国际机场的兴建，进一步缩短了三峡与外界的距离。

这座年吞吐量140万人次的机场在1997年元旦前夕正式通航，已首先开辟了至北京、成都、海口、厦门、深圳等11条航线。

与三峡机场正式通航同一天，宜昌至四川奉节之间的高速客轮举行了首航式。

过去，人们坐普通客轮从宜昌至奉节要 12 个小时以上，如今乘高速轮只需 3 个小时便可到达。

当时，从宜昌到秭归、巴东、巫山、奉节等三峡沿江城镇，每天都有 10 多班高速飞翼船往返运载旅客。

10 月 23 日，作为三峡工程所在地的湖北省，全省人民全力以赴支援三峡工程建设，确保长江顺利截流。

另外，湖北省专门成立了三峡治安保卫工作督导小组，宜昌市广大公安民警从 1997 年 8 月份开始一律停休，全身心投入到"百日破案保截流"活动，以确保三峡工程良好的治安环境。

按截流设计方案施工

中国长江三峡工程开发总公司总经理陆佑楣说：

经过长达 40 年的研究，决定三峡工程截流成败的有关技术难题已全部被攻克，大江截流在技术上已有十分把握。

陆佑楣说：

大江截流是指通过修筑上下游两道土石围堰，即"二期围堰"，将长江主河床拦腰截断，使工程在这两道围堰的保护下，修建三峡大坝和电站厂房。它是三峡工程一期工程结束并进入二期工程的标志。

作为当时全球在建的最大水电工程，三峡工程截流也是世界上截流流量最大、水深最大的截流工程。

工程技术人员说：

三峡截流流量达每秒 1.4 万立方米，是当今世界水电工程巴西伊泰普工程截流流量的

1.75 倍，是中国最大截流流量葛洲坝大江截流的 2.91 倍。三峡截流水深达 60 米，是世界最大截流水深美国达勒斯工程最大截流水深的 1.3 倍。由于水急浪涌，水下地质条件又十分复杂，解决深水条件下截流时防止围堰堤头坍塌和防渗处理等世界级的技术问题，成为三峡截流成败的关键所在。

自 20 世纪 80 年代初，中国科学家建成了多座三峡截流模型，进行模拟截流试验。

堤头坍塌是在截流设计模型试验中暴露出的难题。

科研人员说：

> 此次三峡截流，大家精心设计了"预平抛垫底、上游围堰单戗双向立堵进占、下游围堰尾随"的截流方案，采取在龙口河床预平抛垫底、均匀抛投和严格控制截流抛投物等综合措施，将有效地防止堤头坍塌。

专家们针对二期围堰防渗体施工难题，引进了国外先进的双轮槽设备，采用"二钻一抓"和高压旋喷新技术，使这一问题得到了解决。

专家们还研制出了大江截流决策支持系统，通过三维动画预演大江截流，从而对施工过程中可能出现的问题及时预测。

长江水利委员会参照葛洲坝大江截流和国内外大江大河截流的经验，提出了详尽的截流设计，并通过了技术审查。

专家们认为，三峡工程在大流量、高深水、低流速的特殊条件下的截流设计，标志着中国的大江大河截流设计技术居世界领先水平。

三峡施工单位正按截流设计方案抓紧进行施工。

由于有关技术难题均已攻克，三峡截流的各项准备工作进展顺利，有可能使截流时间由原定的 11 月中旬提前到长江水位更高、流量更大的 11 月上旬实现。

10 月 14 日，三峡工程大江截流的各项准备工作已经就绪，截流施工全面进入"倒计时"状态。

将于 11 月上旬进行的三峡截流，就是合龙修筑在长江主河床的两道围堰，然后在围堰的保护下修建三峡大坝和电站厂房。

这两条围堰的施工从 2001 年 11 月开始进行，800 米宽的长江主河床逐渐被束窄，到 2002 年 10 月 13 日为止，上下游围堰的江中口门只剩下 260 米左右。

从 14 日上午 8 时开始，负责大江截流施工的葛洲坝集团公司调集 380 多台套大型施工机械，从上下游 4 个堤头高强度向江中抛投石料，进一步束窄围堰口门，垫高龙口河床。

至此，截流施工进度已经完全控制在 11 月 8 日进行最后截流的计划进度之内。

围堰戗堤在深水推进中，没有出现人们担心的大面积坍塌现象。

大家看到，截流所需的施工机械已全部进入施工现场，横锁130米龙口所需的石料已经超额备齐。

包括三峡截流仿真系统、气象服务系统、水文测报系统在内的各项截流支持服务系统也已全面投入运转。

三峡工程大江截流是一个复杂的系统工程，它不仅要保证在长江激流中完成围堰施工任务，还要以长江通航和移民搬迁为前提。

当时，解决截流后长江通航的三大控制性项目中，导流明渠已经正式分流通航，临时船闸和下游引航道都已达到进度要求，可以确保按截流要求在2003年5月长江汛期到来之前投入运行。

由于大江截流后水位抬高，在长江发生20年一遇洪水时坝上将形成20亿立方米的库容，坝前水位抬高4米左右，湖北省和重庆市将有7个县的部分地方受淹。

当时，截流后淹没的一线水位移民搬迁工作已基本结束，有3.9万多人搬出淹没线以下，城镇和工厂搬迁也十分顺利。

同时，国务院三峡工程建设委员会对一线水位移民进行了验收，认为移民搬迁已经完全满足了大江截流需要。

展开大江截流实战演习

从 2002 年 10 月 14 日 8 时到 15 日 8 时，三峡工程在长江南北两岸同时展开了大江截流实战演习。

这是三峡工程开始施工 5 年来最为壮观的施工场面：大江截流围堰的 4 个堤头上，大型装载车一个跟着一个，如同一群威武的雄狮，紧紧地盯着长江中咆哮的激流。

14 日 8 时整，实战演习命令下达。

顿时，峡江一片怒吼，数十辆载重 77 吨的卡特自卸车，向 4 个围堰堤头冲去，将成吨的石块倾泻在江中。与此同时，江面上疾速驶来一艘艘满载石料的小船，在围堰龙口段进行水下平抛垫底。第一个小时，上下游围堰口门上就填上了 6800 多立方米土石料。

老天爷似乎要考验三峡建设者的意志，9 时刚过，大雨滂沱。但人车锐气不减，抛投高潮迭起。

早在 1978 年，巴西和巴拉圭人曾在伊泰普电站的截流中创造了 24 小时龙口抛投 14.6 万立方米的世界纪录。

入夜，1800 多名参战者越战越勇，以排山倒海之势，直逼伊泰普纪录。

15 日凌晨 2 时，工地上发出了响彻峡江的欢呼：三峡建设者只用了 18 个小时，就一举打破了伊泰普截流创造的世界纪录。

整个实战演习都是在大流量、深水位的条件下进行的。24 小时长江流量一般都在每秒 1.7 万立方米左右，比世界水电工程最大截流流量每秒超过 9000 立方米。

演习投入的机械设备、参战人数、施工方式、组织指挥，全部模拟 11 月 8 日龙口合龙时的情况。

夜间抛投，下游左岸围堰堤头曾出现过几次面积不大的坍塌，这些小小的惊险没有超出预料，参战人员果断及时地进行了处理。围堰戗堤继续稳稳向前。

15 日早上 8 时，大江截流演习全线告捷。24 小时共抛投土石料 19.4 万立方米。

与一般演习不同的是，这次演习是三峡截流施工实实在在的一部分。经过这场激战，三峡工程二期围堰上游口门由 260 米束窄到 190 米，下游口门由 270 米束窄到 255 米。

大江截流又迈出了坚实的一步。

进行大江截流三维预演

　　位于长江南岸的导流明渠，是在三峡工程大江截流后6年时间内长江的主要通道，承担江水过流和非汛期通航的任务。

　　导流明渠全长约3.4公里，底宽350米，一般水深20多米。导流明渠可以安全宣泄100年一遇、流量为每秒8.37万立方米的长江洪水。

　　导流明渠在5月1日破堰进水，由于6至9月处于长江汛期，江水含沙量大，而大部分长江水流仍从主河床下泄，明渠内流速较小，致使一些泥沙在明渠沉淀下来。

　　中国长江三峡工程开发总公司主管技术工作的副总经理王家柱说：

　　　　导流明渠出现淤积属正常现象，这种淤积是局部的，它不会影响正常通航，更不会造成任何生态问题。

　　10月22日，王家柱说：

　　　　由于导流明渠出现淤积而降低对江水的分流能力，如在合龙前不能冲走，截流龙口的落差和流速会加大，将增加大江截流的难度。有关方面对解决明渠淤积问题十分重视。最近几天，随着截流围堰口门的不断缩窄和河床垫高，江水流经围堰口门的比例逐步下降，而通过导流明渠的比例逐步上升，导流明渠江水流速已达到每秒 1.3 米至 1.4 米。

测量表明，10 月 14 日明渠对江水的分流比例为 34%，此后分流比逐日增加，到今天已经达到 53.9%。按照大江截流设计对明渠分流的要求，当形成最后 130 米龙口时，明渠分流比应达到 70% 以上。根据目前冲刷情况分析，在大江截流合龙前，达到和接近这一比例的可能性是存在的。

王家柱并且介绍说：

三峡工程已定于 11 月 8 日进行大江截流。为确保万无一失，有关方面正在密切观测导流明渠泥沙淤积情况，补充进行水下地形测量、分析计算和模型试验，研究解决淤积和增加明渠分流能力的措施。同时，制定在明渠分流能力不足，截流难度加大时的施工预案。

大家看到，三峡工程大江截流的各项工作正在按计划顺利推进。到22日为止，截流上游围堰戗堤口门已缩窄到约150米，两天之后，截流围堰戗堤将形成130米龙口。

建成于1994年的三峡截流试验场占地面积约2000平方米。截流模型长60米，宽30米，按1比80的比例模拟了从上游茅坪溪渡口到下游东岳庙长近5公里的长江河段形态。

大江截流模型试验场，静静地躺在这里。截流模型周围堆放着一些用于"截流"抛填的碎石。

试验场负责人饶冠生装了一水瓢碎石，向大家演示说："这一瓢，截流时相当于两台77吨装载车的抛投量。"

前一段，试验场一直同步跟踪由130米到40米的龙口段进展。

而在此之前，大江截流已在这里预演过多次。

三峡工程大江截流是目前世界上截流水深最大、流量最大的截流工程。

独立承担三峡大江截流模型试验的长江科学院，在近两年里进行了数百次常规实验和专门实验，提交重大科研、试验报告10份，为有关部门决策提前实施大江截流发挥了重大作用。

饶冠生笑着说：

试验场里的几十名技术人员尽管没有在截

流现场，可大家已参加了无数次"截流大战"呢！

饶冠生还介绍说：

自去年（2001 年）底大江截流施工开始以来，模型试验同步跟踪大江截流施工进度，进行模型试验。截流施工现场进占时，截流模型都同时按比例进占，为及时解决截流现场施工中遇到的技术难题提供了重要数据和方案。今年（2002 年）大年初一，技术人员守在这里参加"截流大战"。

模型试验场随时与前方施工现场指挥部"对话"。

在试验场内的计算机室里，一位技术人员演示了新开发的"三峡工程大江截流计算机三维仿真系统"，然后通过电脑网络调用了当天施工现场龙口戗堤进占、抛投料及截流水文水情资料等最新数据。

这位技术人员说：

模型试验所得的有关资料也通过电脑网络随时传到前方施工指挥部，试验场里的科研人员能及时根据截流施工现场出现的情况进行模型试验，施工单位也能随时了解模型试验的情况，并根据模型试验情况提出现场施工指挥方案。

当时，三峡工程已完成土石方开挖填筑一亿立方米，混凝土浇筑 312 万立方米，一期工程所有主要建设项目都已达到既定目标，工程质量满足了设计要求，静态投资和动态投资都控制在批准的初步设计总概算的预测范围内。

三峡工程施工从 1992 年年底全面展开。按照设计，一期工程 5 年的主要建设项目包括：施工准备及对外交通、一期土石围堰、导流明渠及混凝土纵向围堰、三期上游碾压混凝土围堰基础、临时船闸、升船机坝段及上下游引航道、永久船闸开挖、在岸 1 号到 6 号电站厂坝开挖、茅坪溪防护、大江截流和二期围堰等。

当时，包括总长 28 公里在内的准高速公路的对外交通已全面完成，导流明渠正式通航，临时船闸、下游引航不久将按期投入运行，永久船闸已形成大开挖格局，三峡工程主要项目都达到进度要求，正朝着第一个阶段性目标——大江截流顺利迈进。

李鹏考察三峡工程建设

2001年10月5日至7日，李鹏考察宜昌市市政建设和三峡工程建设工地。

李鹏分别听取了湖北省委、省人大、省政府和三峡工程总公司的工作汇报，对湖北省支援服务三峡工程建设给予了高度评价。

李鹏指出：

三峡工程已经由大规模的混凝土浇灌施工期转入金属结构和设备安装期，其技术含量更高，要求更加严格。全体三峡建设者一定要以更加饱满的热情，更加高昂的斗志，更高的责任心，将这一社会主义中国的形象工程建设好。

陪同考察的有国务院三峡建设委员会副主任郭树言，湖北省委书记蒋祝平、省长张国光，全国人大常委贾志杰，湖北省人大常委会主任关广富，省委常委、秘书长宋育英，省委常委、省政法委书记陈训秋，副省长韩忠学和三峡工程总公司副总经理李永安、贺恭等。

5日下午，李鹏结束在重庆市的考察后来到宜昌。一下飞机，他就乘车来到宜昌市区，参观市容市貌和正在建设中的夷陵长江大桥工地，慰问建设者。

6日上午，冒着淅淅沥沥的小雨，李鹏兴致勃勃地来到三峡大坝建设工地，从永久性船闸地下输水系统到地面工程、人字门吊装现场、闸室工地，从120栈桥、泄洪坝段到左厂房1号至6号机组，从二期截流准备工地到地下电厂进水口施工现场，他一一察看，向建设者和现场监理询问工期安排和工程质量。

李鹏作为一名老水电工作者，他对三峡工程施工技术和质量要求很了解，他询问的问题很具体、很仔细。

从1992年进入前期准备阶段起，李鹏就对三峡工程给予了特别关注。

1994年年底，是他在宜昌向世界宣布的三峡工程正式开工。从那时起，不管工作多忙，李鹏都要每年坚持到工地作一次调研，有时甚至一年两次。这次已是他第十一次到三峡工地，很多建设者都与他熟悉，热情地向他打招呼。他亲切地与大家握手，互致节日问候，合影留念。

截至2001年9月底，三峡工程主体工程的土石方开挖量完成总量的104%，土石方填筑量完成总量的96%，混凝土浇筑和固结灌浆均完成总量的62%，金属结构制作安装和机电设备安装达8.7万吨。

左岸非溢流坝段部分高程达185米，部分坝段比原计划提前半年开始浇灌，左岸厂房坝段1号至6号坝段基本到顶。

泄洪坝段上块最低高程达 117.5 米。到 2001 年底，全部完成导流底孔一线机电安装并基本完成调试。左岸电站厂房基础工程大部分完成，1 号至 14 号机组全部开始设备安装。

双线五级船闸人字门吊装到 2001 年底全部完成了。右岸地下厂房工程也全部展开。

当时，整个三峡工程进度和形象按计划顺利实施，工程质量满足了设计要求，投资控制在国家批准的概算范围内，并且朝着 2003 年水库初期蓄水、船闸通航、首批机组发电三大目标迈进。

李鹏看到眼前这日新月异的变化，听着有关负责人的情况介绍，显得异常兴奋，不住地点头表示满意。

6 日下午，李鹏与湖北省领导、三峡工程总公司负责人和参与三峡工程建设的五大建设集团及监理单位的负责人进行了座谈，听取了情况介绍。

蒋祝平重点介绍了湖北省支援服务三峡工程建设和移民工作的情况。

蒋祝平说："到目前为止，我省库区已累计完成搬迁安置移民 10.73 万人，秭归县城和 7 个集镇已搬迁完毕，巴东、兴山两座县城基础设施建设基本完成，6 个集镇基础设施建设已大规模展开，工矿企业 232 家已搬迁 194 家，保证了三峡工程按计划顺利实施。落实省内外对口支援项目 1593 项，落实资金 23.42 亿元。库区正培育发展奶牛、生猪、水果、蔬菜、药材等五大基地，促进了移民搬得出、稳得住，逐步致富。"

在座谈中，李鹏对工程监理与质量保障、二期截流与长江断航期的交通运输安排、投资控制与后期工程招标等问题非常重视，反复探讨。

李鹏说：

目前三峡工程建设已进入一个关键时期，要确保2003年水库蓄水135米高程、船闸通航、首批机组发电三大目标按期实现。三峡工程一直为全国人民乃至全世界所关注，现在看来总体情况比原来预计的要好，由于建立了比较完善的监理制度，质量得到保证，项目的优良率达到85%；有些工程项目比计划的要快；资金控制较好，加上天时地利人和，为国家省了不少钱；建立起一套与国际接轨的大型工程现代化管理机制，培养锻炼了一支高素质的队伍。

李鹏接着说：

导流明渠的截流比第一次截流的难度更大，希望你们要做好充分准备，相信以你们现有的经验能出色地完成好这一任务。断航期是个大事，国务院三建委、重庆市、湖北省及各有关方一定要组织协调好，客货多走铁路，尽量减少损失。

李鹏指出：

目前整个工程已全面转入金属结构和设备
安装期，其技术要求更高，未知因素很多，施
工难度更大，各施工、监理单位，要兢兢业业，
不得丝毫懈怠。三峡工程是社会主义中国的形
象工程，希望各方以更加饱满的热情，更加艰
苦的努力，把这一跨世纪的宏伟工程建设好，
向党中央、国务院和全国人民交一份满意答卷。

李鹏强调指出：

三峡工程的顺利建设是与全国人民的大力
支持分不开的，这也是社会主义制度能够集中
力量办大事的生动体现。

现代化程度较高的施工现场车来车往、机器轰鸣，
人却不多。

工程建设负责人介绍说："大江截流后，二期围堰基
坑开挖已于今年 2 月完成；大坝、电站厂房、永久船闸
等主要建筑均开始了混凝土浇筑。4 月中旬以来，主体工
程混凝土浇筑日产量已连续稳定在一万立方米以上，八、

九两个月都达到了 45 万立方米的新的世界纪录。目前，溢流坝最高已浇至 83.2 米、厂坝段最高已浇至 58.5 米。截至今年 9 月底进行的单元工程质量评定，工程质量全部合格。"

李鹏十分关心三峡工程的移民工作。10 月 10 日，他在重庆听取了重庆市有关市、区、县关于移民工作的汇报，与库区各级负责同志共同探讨了如何进一步搞好移民工作。

10 月 12 日下午，李鹏在宜昌听取了中国长江三峡工程开发总公司总经理陆佑楣等的汇报。

李鹏对三峡工程二期建设进展顺利表示满意，并向三峡工程建设者和为三峡工程建设作出贡献的同志们表示亲切慰问和衷心感谢。

李鹏指出，三峡工程二期建设到 2003 年要完成混凝土 1000 万立方米的浇筑，永久船闸通航，第一台机组发电等，任务十分繁重。在工程建设中，一定要兢兢业业，一步一个脚印，在保证质量的前提下，保证工期。要实现一流工程的目标，必须是一流的质量、一流的管理。

李鹏强调，三峡工程建设要坚定不移地贯彻执行中央确定的建设方针，即"一级开发，一次建成，分期蓄水，连续移民"。

李鹏说：

三峡工程建设的任务艰巨，但由于全国人

施工建设

103

民关心三峡工程、支持三峡工程建设，工程建设的资金到位情况很好，这些都是建好三峡工程的良好条件。

10月12日，李鹏又在宜昌听取了国务院三峡工程建设委员会副主任郭树言关于移民工作的汇报。

郭树言说："截至1999年6月底，三峡库区已累计开发、改造、调整土地26万亩，新建各类移民房屋1011万平方米，搬迁和关闭工矿企业374家，累计搬迁安置移民17.8万人，同时还为7.4万移民搬迁创造了条件。淹没涉及的13个城市和县城、114个集镇的搬迁建设已全面展开，有的已初具规模。全国对口支援为三峡库区引入资金达60多亿元，无偿援建希望学校396所。"

李鹏说：

各地在移民工作中探索出了不少成功的经验，如市、县对口移民、异地安置移民、依托外迁企业带动移民等等。移民搬迁的方式也越来越丰富，渠道越来越多，取得了不少成功的经验。实践证明，中央确定的开发性移民的方针是完全正确的，必须继续坚定不移地坚持执行。要鼓励各地创造性地开展移民工作。

对于库区工矿企业的搬迁，李鹏指出：

库区淹没工矿企业的搬迁重建要有新思路，绝对不能搞原拆原建。对于那些技术落后、产品没有销路、严重亏损的企业要破产、兼并、关闭；对于那些有前途但包袱较重的企业，要实行下岗分流、减员增效。新建企业一定要做到产品有销路、技术先进，要走名牌战略的道路，使新建企业成为三峡库区的支柱。

李鹏说：

　　在库区移民、厂矿搬迁工作中，各级领导要千方百计创造新的就业机会。如从实际出发，发展建筑业、旅游业等，以多种方式积极、逐步解决库区移民的就业问题，保持和维护社会稳定。

李鹏强调：库区的各级组织要加强对移民工作的领导，要勤俭办事，要教育库区人民群众发扬自力更生、艰苦奋斗精神，克服依赖思想，在国家的帮助下，通过自己的努力，妥善处理好发展生产与改善生活的关系，建设一个新家园。

　　他还就重视搬迁城镇选址的地质状况调查处理、加强对移民资金的审计监督等问题发表了意见。

施工建设

2002 年 11 月 6 日，李鹏和时任中共中央政治局委员、国务院副总理吴邦国，时任全国人大常委会副委员长邹家华，在中央、国务院有关部委领导以及湖北省委、省政府，三峡开发总公司，宜昌市委、市政府领导陪同下，视察三峡工程建设工地。

上午 10 时许，金色的阳光洒满沸腾的三峡工地，李鹏带着三峡工程导流明渠截流合龙的无比喜悦，满面春风地走到导流明渠截流合龙现场，向战胜自然征服长江，为夺取截流成功立下汗马功劳的工程建设者们表示慰问，祝贺他们百战百胜，为即将召开的党的十六大献上了一份厚礼。

李鹏、吴邦国、邹家华在截流合龙现场，高兴地与葛洲坝集团、武警水电部队等三峡工程建设者们合影。

李鹏接受中央电视台等新闻单位在龙口现场采访后，首先视察了三峡工程五级船闸中央控制中心。

李鹏在控制中心对五级闸室举目眺望，对采取现代化高科技手段管理调度指挥过往船舶进出三峡感到十分满意，并向正在工作的工程技术人员细致地了解情况。

李鹏登上船闸观察台，闸室内清澈透明的水使他心情十分激动。工作人员提出给李鹏拍照，他立即转过身来说："难得！照一张做纪念。"

李鹏反复叮嘱照片要能看到闸里清澈的水。

三峡大坝左岸坝段，达到 185 米高程的电厂坝段已经封顶。

汇集在坝顶的工程建设者们掌声响起，李鹏向他们挥手致意，关切地问候："建设者们大家好！你们辛苦了！"

厂坝顶顿时一片沸腾。

三峡工程左岸电站，4台机组正在紧张地安装过程中，其中两台机组已开始吊装，明年（2003年）8月将有两台机组正式并网发电，10月另两台机组并网发电。目前机组安装进展十分顺利，比原计划2003年两台机组并网发电的目标略有提前。

李鹏十分高兴地说："好！眼看三峡工程就要发挥效益了！"

上午11时许，李鹏等人还兴致勃勃地在三峡工程建设管理中心门前，参加三峡水力发电厂揭牌仪式，李鹏、吴邦国为三峡水力发电厂正式成立揭牌。

在考察期间，李鹏还会见了参加三峡工程建设的4位外国专家。他们是来自奥地利的拉贝博和罗伯特，法国的马里奥和美国的柯格·哈莫特。

李鹏首先对他们来华参与三峡建设表示欢迎。他说：

随着三峡工程的进展，将会有更多的外国专家前来参加建设。希望专家们大胆工作，严格要求，与三峡建设者们密切配合，共同建设好三峡。

李鹏还关切地询问了专家们的工作和生活情况。

几位专家在发言中表示，能参与这项世界最大的水电工程建设感到非常荣幸。

他们认为，三峡工程的组织工作十分出色，质量也相当好，会成为世界水电工程史上的一个典范。

三峡导流明渠截流成功

2002年11月6日9时50分，长江三峡工程导流明渠截流胜利合龙。

李鹏在截流合龙后发表讲话。李鹏说：

> 举世瞩目的三峡枢纽工程胜利地实现了导流明渠截流，这是三峡工程建设的一件大事，必将给全国各族人民以巨大的鼓舞，为即将召开的中国共产党第十六次全国代表大会献上一份厚礼。

导流明渠是为解决三峡二期工程期间通航和过流而开挖出来的一段"人造长江"。

三峡工程要在2003年实现水库初期蓄水、船闸通航和首批机组发电三大目标，必须在2002年11月完成截流导流明渠，随后浇筑起用于挡水的三期混凝土围堰。

这次截流是世界水利水电工程中综合施工难度最大的一次截流，其截流水力学指标高于三峡大江截流和葛洲坝大江截流。

由于导流明渠截流连续高强度抛投压力大，戗堤进占中水流条件异常复杂，为控制截流风险，截流施工单位提前在龙口段大量抛投了钢架石笼和合金钢网石兜，形成了一道道拦石坝，从而降低了合龙的难度。

导流明渠截流施工从 10 月 25 日正式启动，经过截流勇士连续 10 天艰苦奋战，导流明渠截流围堰上下游戗堤龙口束窄至 20 米。截流合龙万事俱备。

金秋的三峡，天高气爽。上午 9 时，中国长江三峡工程开发总公司总经理陆佑楣报告了此时三峡坝址的水文情势：

长江通过三峡坝址的流量为每秒 8600 立方米，其中通过大坝导流底孔的流量为每秒 8450 立方米，通过截流龙口的流量是每秒 120 立方米；上游龙口的流速为每秒 3.1 米，下游龙口的流速为每秒 2.78 米。此时的水情对合龙非常有利。

9 时 10 分，时任国务院副总理的吴邦国下达截流合龙命令。

早已摩拳擦掌的截流勇士旋即启动重型自卸卡车，载着特大块石和混凝土四面体，以排山倒海之势向龙口发起最后的冲击。

有"水电王牌军团"之称的葛洲坝集团和有"铁军"之誉的武警水电部队，分别在上游和下游龙口戗堤上展开了风卷残云般的高强度抛投。

在 40 分钟的激战中，尽管龙口水流非常汹涌，但龙口进占十分顺利。

9 时 50 分，上游龙口胜利合龙，随后下游龙口也成功合龙。

在听取截流现场总指挥报告后，吴邦国宣布：

导流明渠截流合龙成功。

顿时，五彩气球腾空而起，截流围堰上响起了喜庆的鞭炮，江面上的船舶汽笛齐鸣。三峡工地成了欢乐的海洋。

在响彻峡江的欢呼声中，李鹏发表了讲话：

我代表党中央、全国人大、国务院，向三峡工程的全体建设者和库区的广大干部群众，表示热烈的祝贺和亲切的慰问，向支持三峡工程的全国各族人民，向关心三峡工程的香港、澳门特别行政区、台湾同胞和海外侨胞以及国际友好人士，表示衷心的感谢！

李鹏说：

1992年4月3日，七届全国人大五次会议通过了关于兴建长江三峡工程的决议。经过10年的努力，三峡工程建设各方面都取得了很大的成绩。

目前，三峡左岸大坝已全线浇筑到坝顶185

米高程，永久船闸已转入有水调试阶段，首批发电的机组正在安装。三峡二期移民工作即将全部完成。输变电工程进展顺利，可以满足2003年并网送电的需要。

这些成绩的取得，与全体三峡工程建设者和库区各级政府、移民群众的奋勇拼搏、艰苦创业，与全国各族人民的大力支持是分不开的。体现了我们中华民族拼搏奉献的伟大精神，体现了社会主义的优越性。

李鹏希望全体三峡工程建设者和库区各级政府以及广大干部群众，一定要进一步发扬"为一流工程，创一流质量"的精神，认真负责，严格把关，确保工程质量万无一失。

李鹏希望大家一定要抓紧时间，争分夺秒，完成来年并网发电前的施工、安装和设备调试任务。一定要采取更有力的措施，加快库底清理工作的进度，加大地质灾害和环境污染防治工作的力度，全面做好大坝下闸蓄水前一切准备工作。

李鹏指出：

三峡工程是世界工程建设史上的一个壮举。自古以来，"水治则国治"。确保长江安全，造福于民，是中国世世代代人民的夙愿。

实现这一夙愿的历史重任，则落在了我们的肩上。三峡工程是一项具有防洪、发电、航运、环保、引水等综合效益、符合国家可持续发展战略的跨世纪宏伟工程，"功在当代，利在千秋"。

它的建设，无疑是中国历史进程中的一座丰碑，必将有力地促进我国的社会主义现代化建设。

10年前，中国共产党、中国政府和中国人民就庄严地向全世界承诺，一定能够建设好三峡工程。

现在，巍巍的左岸大坝屹立在长江汹涌波涛之上，10多座现代化的城市坐落在翠绿群山怀抱之中。

事实告诉世人，我们一定能够完成历史赋予的建设好三峡工程这一光荣任务！为全面完成三峡工程的任务而努力奋斗！

讲话结束后，李鹏兴致勃勃地来到上游合龙现场，会见了三峡工程参建单位代表并同大家合影留念。

随后，李鹏等考察了正在进行调试的永久船闸、已经全线封顶的二期大坝和正在紧张进行机组安装的发电厂房。

邹家华也参加了当天的活动。

国务院三峡工程建设委员会副主任郭树言主持了截流仪式。

参加截流合龙仪式的有关方面负责人有：曾培炎、李荣融、项怀诚、杨振怀、姚振炎、马凯、柴松岳、张春贤、孙文盛、蒲海清、李永安和湖北省、重庆市负责人俞正声、罗清泉、黄镇东、王鸿举等。

三峡工程机组并网发电

1995 年 4 月 18 日，三峡大坝左岸电站一期工程破土动工。

2002 年 3 月，三峡工程首台发电机组转轮吊装成功，为 2003 年实现首批机组发电创造了条件。

2003 年 7 月 10 日，三峡工程第一台发电机组 2 号机组提前 20 天实现并网发电。

6 月 24 日晚，伴随三峡工程 2 号发电机组与华中电网并网调试成功，首度"三峡电"悄然诞生，汇入电网星河。

被驯服的长江，汹涌的水流化作巨大水能，推动水轮机飞速转动，转子在水轮机带动下快速运转，电能在定子与转子之间慢慢凝聚。

两个大红"喜"字贴在 2 号发电机组的机罩外壳上，站在机盖上，能够感受脚底机组"脉搏"的有力跳动。

22 时 40 分，三峡电站中央控制室监控仪器显示：

三峡 2 号发电机三相电压与 500 千伏 GIS 系统相同，"8102"开关被打开，三峡首度电通过 GIS 一段母线与 50 万伏 GIS 系统相通，三峡工程首台发电机组与华中网并网调试成功。

三峡左岸电站 2 号机组，是三峡工程即将发电的首批 4 台机组之一，额定功率为 70 万千瓦，在库区水位达到 175 米时才能满负荷运行，今天运行功率为 50 万千瓦。

在并网之前，2 号机组当日进行了发电机升流试验、主变压器接地试验、升压试验、模拟并网试验。

6 月 25 日，三峡工程 2 号机组进行甩负荷试验。7 月初开始 72 小时连续带负荷试运行，随后正式并网发电。

2003 年 11 月，三峡工程 1 号机组并网发电。

当时，三峡工程首批发电的 6 台机组全部投产，创造出一年内装机 420 万千瓦、连续投产 6 台 70 万千瓦的水电安装和投产世界纪录。

2004 年 7 月，三峡左岸电站 11 号发电机组并网发电。这台机组总重量在 4900 吨左右，是世界上已投产的水轮发电机组中重量最重的机组。

2004 年 8 月，三峡左岸电站 8 号机组并网发电。至此，三峡工程已有 10 台机组投产发电，投产总装机容量达 700 万千瓦，实际装机容量已位居世界发电厂第三位，发电能力位居全国第一。

2004 年 12 月，三峡工程地下电站主体工程首次进行公开招标。地下电站将安装 6 台 70 万千瓦的发电机组，全部建成投产后，三峡工程的总装机将由原来设计的 26 台增加到 32 台，装机容量由 1820 万千瓦增加到 2240 万千瓦。

2004 年 12 月，三峡电力外送的第三条通道三峡至上海 500 千伏直流输变电工程在湖北宜都市正式开工。工程将穿过湖北、安徽、江苏、浙江 4 省，跨越长江、汉江，从三峡电厂直抵上海市。

2005 年 9 月 16 日，三峡工程左岸 14 台 70 万千瓦机组全部并网运行，提前一年实现了投产发电。

截至 2006 年 2 月 10 日 10 时，三峡电站累计发电量达到 1000 亿千瓦时。

2006 年 5 月 11 日，三峡右岸电站首台机组定子开始组装，标志着右岸电站 12 台机组进入安装阶段。

2007 年 6 月 11 日，没有鲜花，甚至没有标语、横幅。但这一天对三峡电站 22 号机组工程技术人员来说，却是一个永远难以忘记的日子。

8 时 45 分，22 号机组变电器带电运行，开始了启动前的检测运行。

8 时 50 分，负责机组安装的水利水电四局三峡工程部的电器总工郑少平来到单元控制室，对机组的技术参数进行了监测。

9 时 7 分，郑少平发出了可以启动机组的指令。

操作人员轻点鼠标，机组即宣告启动，计算机上显示机组运行状况的各种技术参数字符开始不停地跳动。

在无负荷运行几分钟后，机组即正式并网发电，发电出力从 5 万千瓦、10 万千瓦一直升到 65 万千瓦。

随着操作人员不时的小声报告，一旁的记录员在记录簿上记录着机组的发电状况。

现场人员眼睛都盯着屏幕，不时通过对讲机和电话汇报情况。看到所有运行指标都很正常，大家都松了一口气。

水利水电四局三峡工程项目部的经理李津沛说："迟一天发电，三峡电厂就要少收益几百万元。早一天发电，不仅是我们施工企业的期盼，也是业主的要求。"

中国水利水电工程四局的一位工程师说："盼这一天的到来，我们已经盼了一两个月了。"

工程负责人说："早在2007年4月，22号机组就已安装完成，在随后的日子里，我们和设备供应商一起进行了长达一个多月的调试。反反复复，目的只有一个，那就是一定要达到'三峡标准'。"

本书主要参考资料

《风雨三峡梦》金小明著 四川人民出版社

《中国大决策纪实》黄也平主编 光明日报出版社

《百年梦想》卢江林 张世黎 成绥台著 长江出版社

《三峡工程方案出台内幕》王群生著 重庆出版社

《三峡梦成真》陈精求编著 新华出版社

《三峡工程大纪实》程虹 靳原著 长江文艺出版社

《长江三峡工程》季昌化主编 长江出版社

《梦想与现实的交响：三峡工程纪实》孙荣刚著
　　中央文献出版社

《三峡工程的论证与决策》上海发展战略研究会编
　　上海科学技术文献出版社

《永久丰碑：武警水电官兵参加三峡工程建设纪实》
　　剧军志主编 湖北人民出版社

《中国共产党与长江三峡工程》中共中央党史研究室
　　中共党史出版社